W0284928

LA CLASE MONSTER

TÍTULOS PUBLICADOS

1. *La orquídea de los tiempos.* Daniel Hernández Chambers / Òscar Julve
2. *La clave Nosperratu.* Daniel Hernández Chambres / Òscar Julve

Autor representado por Silvia Bastos, S. L., Agencia literaria

Apartado de correos 225 - 46600 Alzira
www.algareditorial.com
Impresión: Romanyà-Valls

1.ª edición: febrero, 2015
ISBN: 978-84-9845-692-9
Depósito legal: V-273-2015

La clave Nosperratu

Daniel Hernández Chambers
Dibujos de Òscar Julve

algar
editorial

Una nariz voladora

Nadie espera que una nariz le impacte de lleno en la nuca.

Como mucho, uno puede imaginar que si algún día le ocurre algo semejante, a la nariz en cuestión irá pegada un cuerpo entero. Por ejemplo, alguien va con prisas, corriendo que se las pela, dobla una esquina y, sin tiempo a esquivarte, se estampa contra ti, que ibas por ahí tan tranquilo. Primero te da con la nariz, vale, pero luego, con el resto del cuerpo. O un esquiador novato se lanza a la aventura por una ladera nevada antes de que el instructor haya tenido tiempo de explicarle cómo se frena; tú estás tomándote un refresco en la cantina a pie de pista y de pronto cae sobre ti el esquiador a una velocidad endiablada. Primero la nariz, de acuerdo, pero luego el resto del cuerpo.

Al pobre de Telmo le golpeó una nariz sola. Sin cuerpo añadido. Una nariz voladora. Una nariz que parecía una pedrada. Con mocos.

Amber, que se sentaba justo detrás de él en clase, estaba resfriada y no paraba de estornudar. Y como estaba hecha de piezas intercambiables, cuando el estornudo era de los fuertes, si no tenía cuidado, le salía disparada la nariz. Y, si le daba tiempo a sujetársela con la mano y el pañuelo..., pues a veces la solución era peor que el problema, porque, si la nariz se mantenía en su sitio, la presión del estornudo se quedaba dentro de su cabeza... y por algún sitio tenía que salir. Podía salir disparada una oreja, o incluso las dos, o sus bonitos ojos azules. ¡Ojazo va! ¡Oreja viene!

En un momento dado, mientras doña Isabel apuntaba en la pizarra la solución a un problema de divisiones, la oreja izquierda de Amber llegó volando en una parábola magnífica hasta el encerado.

–¡Es para oírla mejor, doña Isabel! –exclamó Tarsio, entre risotadas.

Poco después fue un ojo, también el izquierdo, que se salió de su órbita y cayó rodando por el suelo. Jimmy se apresuró a recogerlo y empezó a hacerle mimos y carantoñas. El bueno de Jimmy seguía perdidamente enamorado de Amber.

–¡Devuélveme ahora mismo mi ojo, Huesos!

–¡Eh, parece una canica! –dijo Tarsio–. En el recreo me lo dejas, Amber, para jugar al gua.

–Silencio, chicos, ya está bien –ordenó doña Isabel.

Pero cuando la nariz, impregnada de mocos, le dio en la nuca a Telmo, la paciencia de la profesora se terminó.

–Lo lamento mucho, Amber –dijo–, pero así no podemos dar clase. Lo mejor es que te vayas a casa y descanses. Ese resfriado se te cura durmiendo y bebiendo limonada caliente.

Jimmy el Guapo levantó su mano como si tuviera un resorte.

–¿Sí, Jimmy?

–¿La acompaño, profe? No es bueno que vaya sola si está enferma.

Doña Isabel frunció el ceño y miró su reloj.

–¿Están tus padres en casa, Amber?

–Mi madre sí, pero no tiene coche para venir a buscarme. Está en el taller.

–Está bien, alguien debería acompañarte.

Jimmy se puso en pie y empezó a recoger sus cosas, pensando ya en su primer paseo romántico

con Amber, ambos de la mano... Que ella fuese sin nariz no tenía mayor importancia.

–Pero tú no, Jimmy –dijo entonces doña Isabel–. Mejor que la acompañe Tarsio, porque son vecinos. Luego no tienes que volver al cole, Tarsio. Yo le explicaré al director que te he dado permiso para ausentarte.

–¡Pero... pero...! –trató de protestar Jimmy.

–Pero nada, Jimmy. Muchas gracias por presentarte voluntario, pero prefiero que vaya Tarsio, que vive al lado. A ti te pilla muy lejos.

–Eso no me importa.

–A mí sí. –Doña Isabel dio el tema por zanjado y se volvió hacia Amber y Tarsio–: Recoged y marchaos. Amber, haz el favor de coger esa nariz y limpiarla un poco.

Jimmy volvió a sentarse con cara de pocos amigos y miró desolado cómo los otros dos salían de la clase y cerraban la puerta.

Desde el pasillo les llegó el retumbar de un nuevo estornudo y la exclamación de Tarsio:

–¡Canasta! ¡Has encestado el ojo en la papelera! Oye, una pregunta: ¿sigues viendo mientras tu ojo va por ahí volando?

–¡Oh, cállate!

Un suceso misterioso

Entre estornudos y toses, Amber y Tarsio abandonaron el colegio en sus bicis y llegaron unos quince minutos más tarde al barrio donde ambos vivían, un conjunto de urbanizaciones de chalés de dos y tres plantas de altura con bonitos jardines.

Después, cuando llegó el momento de contarles a los demás lo que habían visto, los dos pensaron que había sido una verdadera casualidad salir del colegio antes de hora, porque, si no lo hubieran hecho, no habrían sabido el peligro que se cernía sobre ellos. Podría decirse que una casualidad afortunada, pese a la fiebre que atormentaba a Amber.

La casa de Tarsio quedaba más cerca, de modo que tenían que pasar por delante de ella de camino a la de Amber. Y fue justo entonces cuando presenciaron la escena que despertaría su curiosidad y los lanzaría en picado hacia una aventura que les haría cruzar fronteras:

Ante la casa de Tarsio había aparcado un coche negro con los cristales tintados. Él sabía que sus padres no estaban en casa, así que aquel vehículo llamó su atención. Dejó de pedalear y miró hacia la puerta principal, más allá del jardín. ¿Habría pasado algo?

Amber iba justo detrás y tuvo que frenar bruscamente para no chocarse con él.

–¿Qué pasa? ¿Qué haces?

Tarsio no contestó, porque acababa de ver a un hombre al que no conocía llamando a la puerta de su casa. Amber siguió la dirección de su mirada y lo vio también.

–¿Quién es ese? ¡Aaaachís!

–Ni idea.

El hombre, que no se había fijado en ellos, vestía un traje gris oscuro y tenía el pelo engominado hacia atrás. Esperó unos segundos y, al ver que no parecía haber nadie en casa, se llevó una mano al bolsillo y sacó una ganzúa con la que empezó a trastear en la cerradura de la puerta.

–¡Es un ladrón! –exclamó Amber, asustada.

–¡Calla! –Tarsio pedaleó para esconderse detrás de unos setos y le indicó a Amber que hiciera lo mismo.

–¿No están tus padres en casa?

–No.

–¿Y qué hacemos?

–Pues tú intenta no estornudar para que no nos descubra ese tipo aquí.

–Claro, eso es muy fácil de dec... ¡Aaaaach...!

Tarsio se apresuró a taparle la nariz con la mano, pero aquel estornudo tenía la fuerza de un huracán y la pobre Amber perdió de golpe los dos ojos y una oreja, aunque al menos lo hizo casi en silencio.

–¡Hala, ahora no veo nada! –protestó–. Ayúdame a encontrar mis ojos.

Tarsio se agachó y recogió uno de los globos oculares.

–Toma, el otro búscalo tú misma. Y luego qué-

date aquí sin moverte. ¡Y sin estornudar, que te van a oír!

–¿Y tú? ¿Qué vas a hacer tú?

Pero su amigo ya no estaba allí para contestarle. O sí, en realidad sí estaba, pero ella no podía verlo, porque Tarsio acababa de hacer algo que solo él era capaz de hacer (bueno, él y los camaleones): mimetizarse con su entorno. En este caso, con los setos que tenía a su alrededor. Se abrió paso entre las hojas y saltó a su jardín. Nada más tocar la hierba, su cuerpo adquirió el mismo tono de verde, de manera que parecía un pequeño montículo de hierba... móvil. Se arrastró hasta la pared de ladrillos rojos de la casa y al levantarse su cuerpo se volvió de ese mismo color. Despacio para no hacer ruido, se acercó a la puerta principal, donde el desconocido continuaba trasteando con la cerradura. Su rostro era de pura concentración; tenía los labios finos, nariz aguileña y ojos negros y profundos como pozos. Cada dos por tres, el hombre se volvía y miraba hacia la calle para asegurarse de que nadie veía lo que estaba haciendo.

De pronto, se quedó quieto y miró hacia la pared... hacia donde se encontraba Tarsio, como si sintiese su presencia. El chico aguantó la respiración para no ser descubierto. Un instante después el hombre volvió a poner toda su atención en la ganzúa y sonó un clic. Empujó la puerta y entró.

Tarsio respiró de nuevo. Había faltado poco, muy poco, para que aquel ladrón le pillase. Pero ¿qué podía hacer ahora? Pensó que lo mejor era ponerse a gritar, dar voces de alarma para que los vecinos se asomasen a ver qué ocurría. Sí, eso haría. Abrió la boca, pero no fue su voz la que oyó, sino otra desconocida. La del ladrón, sin duda, que llamaba desde el interior de la casa:

–¡Nosperratu! ¿Dónde te has metido? ¡Ven aquí, vamos! Sé que estás aquí. He visto salir a todo el mundo y sé que te han dejado solo en casa. ¡Vamos, ven!

¿Nosperratu? Tarsio no comprendía nada. Aquel tipo estaba llamando al perro... ¿Qué significaba aquello?

Desde donde estaba, Amber también lo había oído, y además había podido presenciar un segundo hecho misterioso: desde su posición en los setos se veía tanto la fachada frontal de la casa de Tarsio como la pared lateral, por la que el jardín se extendía en una franja estrecha hacia la parte de atrás, donde había una pequeña piscina. En aquella pared había varias ventanas, todas cerradas menos una, que estaba en el segundo piso, demasiado alta para que el ladrón hubiese considerado la posibilidad de entrar por ahí. Y por esa ventana Amber había visto aparecer una extraña bola de pelo que había salido volando hasta caer sobre cuatro patas en medio del jardín. Solo cuando la bola cayó y corrió hacia el fondo, por donde volvió a saltar para sortear la valla que rodeaba la finca, la chica se dio cuenta de que era Nosperratu. El animal había salido huyendo en cuanto había oído aquella voz llamándolo.

Un refugio seguro

Amber se asomó por encima de los setos y, como no podía ver a su amigo, que en ese momento estaba mimetizado con la pared de ladrillos rojos, atrajo su atención estornudando.

–¡AAAAAaaaachííííss, ven aquí!

Tarsio comprendió el mensaje, y aunque no le hacía gracia dejar que el ladrón buscase a Nosperratu, se acercó con sigilo hasta Amber para averiguar qué quería.

–¿Qué? –preguntó al llegar.

–Tu perro –le indicó la chica–, acabo de verlo saltar por la ventana. Se ha ido hacia allí.

–¿En serio? ¡Eso es genial!

–Y además significa que no quiere irse con ese hombre, sea quien sea.

–Sí. ¡Vamos, tenemos que encontrarlo antes que él!

Con la tensión, a Amber ya no le molestaba la fiebre, aunque la nariz seguía picándole de un modo horrible.

Los dos montaron de nuevo en las bicis y rodearon la casa.

No había rastro del perro, pero Tarsio confiaba en poder encontrarlo ahora que sabía que había salido de la casa. Todavía no podía entender qué estaba sucediendo, por qué aquel desconocido se había colado en su casa, pero el hecho

de que el tipo buscase a Nosperratu parecía significar que no era un ladrón. Al menos no un ladrón cualquiera. Fuera quien fuera, buscaba a Nosperratu. ¡Quería llevarse al perro!

¡De eso ni hablar!, se dijo Tarsio para sus adentros mientras pedaleaba con rabia y miraba en todas direcciones. Nosperratu llevaba poco tiempo formando parte de su vida. Su padre lo había recibido por sorpresa unas semanas atrás, enviado desde Rumanía por un familiar lejano del que ya casi ni se acordaba, pero en ese corto espacio de tiempo Tarsio se había encariñado con él y el perro también parecía haberle cogido cariño al chico. No pensaba dejar que aquel hombre se lo llevara... Aunque antes tenía que localizarlo, claro.

No fue él quien lo vio, sino Amber. Más exactamente, su ojo derecho. Estornudó una vez más, soltó el manillar para cogerse la nariz y puso un pie en el suelo para no caerse de la bici, pero la presión del estornudo, que no encontró salida por las fosas nasales, buscó otra vía de escape y la encontró en el ojo. El derecho. El globo ocular al completo salió disparado. Primero subió, y luego, por supuesto, bajó para aterrizar en el jardín de uno de los vecinos de Tarsio.

Antes no se había dado cuenta de ello, cuando Tarsio se lo había preguntado en el colegio, pero ahora que tenía el ojo izquierdo cerrado con fuerza para que no saliese también volando por los aires, comprendió que sí podía ver a través del ojo que se le había caído. Si hubiera tenido el izquierdo abierto, esas imágenes se habrían superpuesto a las otras, pero, al tenerlo cerrado, el ojo derecho envió a su cerebro todo lo que veía. Imágenes borrosas, porque la conexión era defectuosa y porque el ojo se había llevado un buen golpe. Amber vio hierba, lo que parecía ser un columpio a unos pocos metros y... y una lengua rosada y enorme que se hacía cada vez más grande.

–¡Puajjj! –exclamó.

Tarsio la miró.

–¿Qué te pasa?

–¡Qué asco! –gimió Amber–. ¡Oh, no, ese bicho se va a comer mi ojo!

Eso era precisamente lo que parecía, porque ya no recibía imágenes de su ojo derecho. Se había quedado en negro, como un televisor apagado.

Los dos se asomaron al otro lado de la valla por donde el ojo había caído y descubrieron allí, agazapado, a Nosperratu, que, al verlos a ellos, abrió la boca y sacó la lengua para mostrar el tesoro que acababa de encontrarse.

–¡Nosperratu, estás aquí! –gritó Tarsio.

El perro saltó a sus brazos y dejó caer el ojo de Amber en la palma de su mano.

–Ni siquiera lo ha masticado, mira.

–Pero está lleno de babas.

–No te quejes, que podría haber sido peor. Ahora tenemos que irnos, no vaya a ser que ese tipo venga por aquí.

–¿Adónde?

–Necesitamos un refugio, un lugar seguro para Nosperratu. Donde ese tipo no pueda encontrarlo.

Reunión de urgencia

Tras pensarlo un par de minutos, decidieron que el lugar más seguro en aquel momento y en aquellas circunstancias era la casa de Amber. A fin de cuentas, lo más probable era que la dirección del colegio ya hubiese avisado a su madre de que ella estaba enferma e iba de camino, así que, si no llegaba pronto, empezaría a ponerse nerviosa. Y, además, estaba muy cerca de allí.

Tarsio envolvió a Nosperratu con su chaqueta y subió de nuevo a la bici.

–No estornudes más, Amber, por lo que más quieras –dijo–. No podemos pararnos por nada.

Pero solo acababa de decirlo cuando recibió el impacto de la nariz de su amiga en el moflete.

–Uy, perdón.

–Anda, vámonos ya.

Nada más llegar, pusieron al corriente a la madre de Amber de lo que había ocurrido y descolgaron el teléfono para realizar varias llamadas: la primera, a los padres de Tarsio, para ponerlos sobre aviso y que no fuesen a su casa por si el ladrón (o lo que fuese) seguía allí; la segunda, a Tyrone Cox, el director del colegio, y la tercera, a don Liberto, el bibliotecario y padre de Telmo, a quien le pidieron que llevase consigo al resto del grupo.

Media hora después, media hora que fue amenizada por una fuente de pastas cortesía de la madre de Amber y por una serie interminable de estornudos, todos se reunieron en el salón. Los padres de Tarsio, Tyrone Cox, don Liberto, Telmo, Jimmy, Severina, Leopoldo, la madre de Amber, la propia Amber y también Tarsio. Y Nosperratu, claro, que se había zampado la mitad de las pastas en un abrir y cerrar de ojos y ahora reposaba a los pies del sofá.

La madre de Amber, como buena anfitriona, sirvió té y café para los mayores y limonada para los chicos (la de su hija, bien caliente).

Antes de pasar por allí, el padre de Tarsio había ido a su casa acompañado por la policía, pero no había ninguna señal de robo.

–Si no llegáis a verlo vosotros –les dijo a su hijo y a Amber–, no nos habríamos enterado nunca de que ese hombre había estado en casa. La policía dice que estarán atentos, pero que no hay gran cosa que puedan hacer.

–Le oí llamar a Nosperratu diciendo que era su dueño –comentó Tarsio.

Por un instante, las miradas de todos los presentes se posaron sobre el perro, que se sintió incómodo ante tanta atención y soltó un ladrido.

–¿Lo llamó por su nombre? –Padre e hijo se parecían como dos gotas de agua, solo que una de las gotas era notoriamente más gruesa que la otra. Por lo demás, ambos tenían una nariz gigante que colgaba sobre su boca, orejas pequeñas y puntiagudas y ojos enormes.

–Sí, lo llamó Nosperratu.

–Pero... –titubeó Severina–, ¿no habíais recibido al perro por sorpresa, por correo?

Tarsio y sus padres asintieron.

–Me lo envió un tío mío desde una pequeña aldea de Rumanía.

–Y es de suponer que el hombre que Amber y Tarsio vieron entrando en su casa no es su tío, ¿verdad? –dijo don Liberto.

–Mi tío es un anciano. En su carta decía que por eso no podía seguir haciéndose cargo de su mascota y me pedía que lo hiciera yo. Hace muchísimos años que no tenía contacto con él, me sorprendió que pensase en mí, la verdad. Pero en casa siempre nos han gustado los perros, así que decidimos quedárnoslo.

–Es... sumamente extraño –apuntó el señor Cox.

–Ya te digo –secundó Jimmy el Guapo, que se había sentado lo más lejos posible de Nosperratu.

Tyrone Cox continuó hablando:

–Corríjame si lo he entendido mal. Un tío suyo, ya anciano, le envía sin previo aviso su mascota desde Rumanía. Nada menos que desde Rumanía. Que no es como decir que lo envía desde el pueblo de aquí al lado. Eso puede significar varias cosas: por ejemplo, que confía mucho en que usted tratará muy bien a su perro, mejor que cualquier otra persona que su tío conozca en Rumanía, en la población donde vive; o bien, podría significar todo lo contrario, es decir, que su tío está harto del animal y quiere tenerlo lo más lejos posible; y podría haber más motivos para enviarlo aquí, por supuesto, como que... por alguna causa que desconocemos quiera mandar al perro lejos para ponerlo a salvo. –Los demás asintieron. Hasta ahí seguían el razonamiento del profesor Cox–. Si la cosa quedase aquí, podríamos decir que la llegada de Nosperratu era un capricho de una persona anciana. Pero la aparición de ese intruso al que Tarsio y Amber han visto añade un toque de misterio a ese aparente capricho. ¿No les parece?

–Nos parece –respondió Telmo.

–Si, como todo parece indicar, el intruso no era un simple ladrón, sino alguien interesado en localizar al perro... Eso me hace pensar que su tío rumano le envió a Nosperratu precisamente para poner al animal a salvo de algún peligro muy concreto.

–¡Y ahora ese peligro que usted dice, señor director, ha venido hasta aquí en busca de Nosperratu! –exclamó Tarsio.

–Así es, me temo que así es.

De nuevo, las miradas recayeron sobre el animal, que daba la impresión de estar escuchando todo lo que se decía.

La historia resultaba muy extraña y la mayoría de los presentes tenían una expresión de incomprensión plasmada en su rostro. Amber estaba tan concentrada que incluso se había olvidado casi por completo del picor de su nariz, lo cual suponía un gran alivio para los demás.

–¿Puede usted ponerse en contacto con su tío? –le preguntó Tyrone Cox al padre de Tarsio.

–No. Imposible. Vive en una aldea en la que no hay ni teléfono ni Internet.

–¿Todavía quedan lugares así? –se sorprendió Severina.

–Por supuesto. Y más de los que imaginas.

El director frunció el ceño. Aunque nunca lo había dicho, él tenía sus propios lazos de unión con Rumanía y aquel asunto no le daba buena espina. Para nada.

–¿Y tú, Nosperratu –preguntó Tarsio al animal–, no puedes darnos una pista o algo?

–Guuuauu –contestó el perro. Se levantó de la alfombra y apoyó la cabeza en el regazo de Tarsio, que empezó a rascarle detrás de las orejas.

–Lo que está claro es que Nosperratu no quiere irse con ese tipo. De lo contrario no se habría escapado por la ventana en cuanto oyó su voz. Era una ventana del segundo piso: se debió de dar un buen batacazo al caer. Por algo será, ¿no? Y yo no quiero dejar que se lo lleve. Ahora es mi perro. ¿Verdad que sí, Nospe? ¡Ay, mi perrito bonito, mi Nospe, bonito, bonito perrito...! –De pronto se dio cuenta de que estaba hablando en voz alta y se puso rojo como un tomate. Los demás se le habían quedado mirando–. No... no quiero que me lo quiten –balbuceó.

–Tranquilo, hijo –dijo su madre.

–Supongo que si pudiera hablar con mi tío –murmuró su padre–, él me daría una explicación.

–Sí, pero hasta entonces ¿qué hacemos, papá? Porque ese tipo puede aparecer en cualquier momento.

–Tal vez si hablásemos con él...

–No se lo recomiendo –opinó el director Cox–. Lo primero que ha hecho ese hombre ha sido intentar hacerse con el perro por las malas, así que no creo que hablar con él sea una solución. Salta a la vista que nos falta información en este asunto, y a falta de su tío y de ese desconocido, el único que puede dárnosla es el propio perro.

–Guuuaauuu.

–Aaachísss –estornudó Amber.

–Guuuaauuu –repitió Nosperratu.

–¿No me irá a decir, señor director, que es usted capaz de comunicarse con el animal? –preguntó Leopoldo, que se esperaba casi cualquier cosa de Tyrone Cox.

–Desde luego que no, Leopoldo. No pretendía decir eso, era una simple frase. Sin duda, Nosperratu sabe, aunque solo sea por instinto, que no quiere estar cerca de ese hombre. Ojalá pudiera decirnos por qué, así lo sabríamos todos, pero...

–Guuaaauu –volvió a ladrar Nosperratu.

–Sí, guau –asintió Tarsio, sin dejar de acariciar a su mascota–. Ya podrías tener un vocabulario más amplio para explicarte mejor.

–Guuuaaauuu.

Y, entonces, mientras todos observaban al perro con la vana esperanza de que de repente fuese a ponerse a hablar, el bueno de Nosperratu levantó una de sus patas y empezó a rascarse el collar.

No, no se lo rascaba, lo empujaba.

Estaba intentando quitárselo.

¡Pretendía decirles algo!

Mensaje secreto

El collar acabó por caer al suelo.

–¿Por qué hace eso? –preguntó Jimmy.

Antes de que nadie acertase a decir nada, Nosperratu recogió el collar con la boca y lo depositó sobre el regazo de Tarsio.

–Creo que... –empezó Severina–... Creo que quiere decir algo.

–Sí, que Tarsio se ponga el collar –respondió Leopoldo–, que le va a sentar mejor y le hace juego con la camisa.

Como Tarsio permanecía inmóvil, Nosperratu volvió a coger el collar con los dientes y a dejarlo caer otra vez sobre su regazo. Luego lo empujó con el hocico.

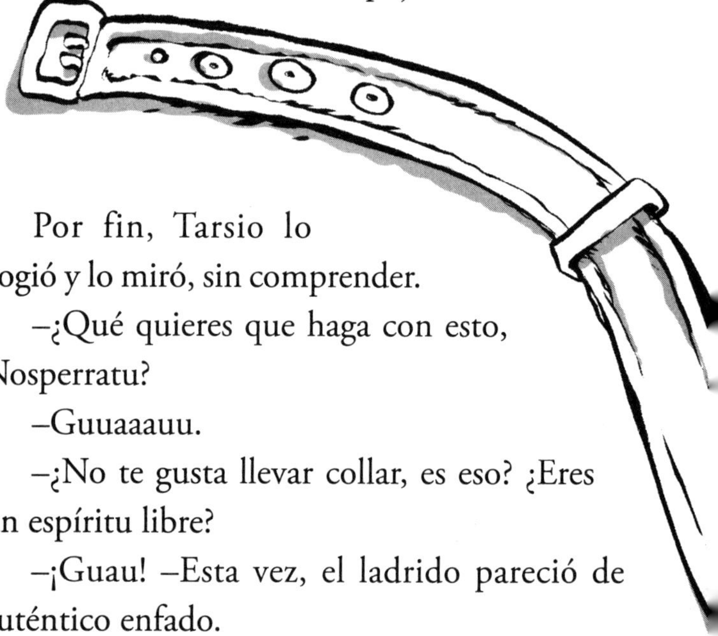

Por fin, Tarsio lo cogió y lo miró, sin comprender.

–¿Qué quieres que haga con esto, Nosperratu?

–Guuaaauu.

–¿No te gusta llevar collar, es eso? ¿Eres un espíritu libre?

–¡Guau! –Esta vez, el ladrido pareció de auténtico enfado.

Tarsio examinó el collar. No tenía nada de particular: consistía en una simple cinta de color verde que se cerraba con un enganche metálico que quedaba disimulado por una chapa en la que estaba grabado el nombre del animal. La chapa era gruesa y alargada.

–¿Compraron ustedes el collar o...? –preguntó don Liberto.

–No –contestaron al unísono los padres de Tarsio–. Lo traía puesto cuando llegó.

–Déjame verlo, por favor, Tarsio.

El chico se lo pasó al bibliotecario y este se concentró en seguida en la chapa.

–Es muy gruesa –murmuró–. Lo justo para... ¡Sí, miren! –Había descubierto un cierre oculto en la cara interior de la chapa, una especie de tapa que se deslizaba con facilidad al presionar con el dedo, como la que protege el compartimento de las pilas en un mando a distancia. Todos los demás se acercaron para verlo. Leopoldo dejó espacio a los demás y se valió de sus cuatro ojos pedunculados para no perderse nada.

–¿Hay algo dentro? –preguntó Amber.

–¡Sí! –exclamó don Liberto, triunfal. En el diminuto espacio dentro de la chapa del collar había un papel doblado. El tiempo que llevaba allí lo había teñido de un tono amarillento, pero al desplegarlo apareció ante sus ojos un texto perfectamente legible. Empezaba así:

Querido sobrino...

–Va dirigido a usted –dijo el bibliotecario, y le entregó la hoja de papel al padre de Tarsio.

–Sí, es la misma letra que había en la carta que llegó con el perro –dijo este–. Es de mi tío. Ya que estamos todos reunidos aquí, la leeré en voz alta.

Querido sobrino:

Si estás leyendo esto, es porque mi adorado Nosperratu ha creído que ha llegado el momento para ello. Por favor, lee hasta el final antes de juzgarme. No he querido ponerte ni a ti ni a los tuyos en peligro, pero no he visto otra opción.

Yo ya soy muy anciano y mi cuerpo está débil. Por mucho que quisiera, no puedo hacer ya nada para detener los planes del Clan Oscuro. Por eso decidí enviarte al bueno de Nosperratu. No es a mí a quien quiere el Clan, sino a él. Nosperratu tiene la clave de todo este asunto. Mejor dicho, *él es la clave.*

Pero me estoy explicando muy mal, ¿verdad? Se me olvida que tú no estás al corriente. Soy muy despistado y la edad hace de las suyas con mi memoria. Tu padre se marchó de aquí muy joven, y cuando lo hizo ignoraba la mayor parte de lo que ocurre. Supongo que no te contó nada, porque poco podía contarte él. Pero al menos sí sabes que tienes sangre rumana, y que en esa sangre hay una pequeña porción que procede de Vlad Tepes. Eso sí lo sabes, ¿me equivoco?

–¡Un momento! –casi gritó el señor Cox.

–¿Vlad Tepes? ¿Qué es eso? –preguntó Telmo.

–¿Un bar de tapas en rumano? –sugirió Leopoldo.

–¡Aaaachííísss!

Tyrone Cox ignoró los comentarios y alzó la voz para hablar por encima de los demás:

–¿Es eso cierto? –quiso saber–. ¿Son ustedes descendientes de Vlad Tepes?

El padre de Tarsio carraspeó antes de contestar:

–Solo un poco... Quiero decir, sí. Pero somos parientes muy lejanos.

–¿Quién es ese Vlad Tepes? –preguntó Jimmy.

–El príncipe de Valaquia –respondió el director.

–Gracias por la información, señor Cox, pero no me ha aclarado usted nada.

–Vlad Tepes fue príncipe de Valaquia –insistió Tyrone Cox–, pero todo el mundo lo conoce mejor por el sobrenombre de conde Drácula.

Se hizo el silencio en la sala. Leopoldo, Jimmy, Amber, Severina y Telmo clavaron la mirada en su amigo Tarsio.

–Qué callado te lo tenías, ¿eh?

–Yo... yo... yo no tenía ni idea.

–No, claro.

–No, es cierto –dijo su padre–. No quise decirle nada al respecto. La leyenda que envuelve a Vlad Tepes es muy... siniestra, y no quise que nadie nos relacionara con él. Mi padre pensaba igual, y por eso se fue de Rumanía.

–Siga leyendo, por favor –le pidió el director.

–Sí, de acuerdo.

> Por fortuna, esa sangre maldita se ha ido diluyendo con el paso de los años, generación tras generación, y hoy en día ya no nos queda mucho de ella. En realidad, podríamos decir que lo único que une a nuestra familia con Tepes es... ¿Lo adivinas?

Sí, eso es. Nosperratu.

–¡Guuauu! –ladró el perro al oír su nombre, como si quisiera secundar las palabras de su anterior dueño.

El padre de Tarsio continuó con la lectura en voz alta:

> Nosperratu fue la mascota del príncipe de Valaquia, a mediados del siglo XVI. Tepes lo quería tanto que lo hizo inmortal para no separarse nunca jamás de él.

No siguió leyendo porque acababa de desmayarse de la impresión y se desplomó al suelo como un castillo de naipes.

El final de la carta

–No entiendo nada –murmuró la madre de Tarsio.

Su marido había vuelto en sí, pero ahora temblaba de los pies a la cabeza, tumbado en el sofá.

Los demás aguardaban a que se repusiera para seguir con la lectura, pero todos estaban impacientes y más de uno había comenzado a morderse las uñas. Las miradas se posaban ahora en el padre de Tarsio, que estaba pálido como un enfermo de colitis, ahora en Nosperratu, que, al contrario que un rato antes, parecía disfrutar siendo el centro de atención. Incluso se diría que estaba posando para un fotógrafo de alguna revista de moda canina.

–¿De verdad ese comehuesos tiene más de quinientos años? –se decidió a preguntar Jimmy. Su cara de espanto se debía a que no podía quitarse de la cabeza la imagen de la montaña de huesos que Nosperratu habría roído a lo largo de una vida tan larga. Una montaña que tendría poco que envidiarle al monte Everest.

–Parece casi un cachorro –murmuró Amber.

–¡Las cosas que habrá visto en cinco siglos! –se asombró Severina.

El padre de Tarsio le tendió la carta a su hijo:

–Sigue tú, Tarsio. Yo no tengo ánimos.

Sin embargo, como bien sabes, Tepes murió, pese a los enormes poderes que poseía. Y Nosperratu fue pasando de mano en mano entre sus descendientes hasta llegar a mí… y luego a ti, claro. Él es el único que conoce el secreto.

–¿Qué secreto? –se apresuró a preguntar Severina.

–¿Y cómo quieres que lo sepa? –repuso Tarsio–. Deja que siga leyendo.

Ahí donde lo ves, con su cara de bonachón y sus magníficos modales, Nosperratu es la clave. Por eso el Clan Oscuro quiere hacerse con él. Tardaron en darse cuenta, pero al fin lo han hecho y ahora lo buscan. Saben que Nosperratu puede abrirles la puerta del secreto de Vlad Tepes. ¿Comprendes, querido sobrino? No podemos permitir que lo atrapen. Si Nosperratu cae en manos del Clan Oscuro, el mundo entero estará en peligro. En *muy grave peligro*. Yo no puedo enfrentarme a ellos, mis años me lo impiden. Por esa razón he decidido recurrir a ti.

–¡Qué majo tu tío! –se le escapó a la madre de Tarsio, dirigiéndose a su marido.

–Compréndelo, querida.

–¡Y un cuerno lo voy a comprender! ¡Se ha quitado el problema de encima y nos lo ha encasquetado a nosotros!

–¡Mamá, por favor! –terció Tarsio–. Deja que termine la carta. Ya queda poco.

El príncipe de Valaquia no hizo ningún mapa del lugar donde escondió su poción. Durante los cinco siglos que han pasado desde su muerte, muchos la han buscado, pero nadie ha dado con ella, lo cual indica que Tepes supo esconderla muy bien.

El Clan Oscuro quiere encontrarla, y, si lo hace, como ya te he dicho, el mundo estará en peligro. Lo malo es que ellos han descubierto algo que los otros, los que la buscaron antes, no sabían: el lazo de unión entre Vlad Tepes y Nosperratu. Saben que el príncipe no se separaba nunca de su mascota, así que suponen que el perro será capaz de guiarlos hasta el escondite, al lugar donde Tepes guardó su poción.

–¿De qué poción está hablando? –preguntó Tarsio, interrumpiendo la lectura.

–De la Poción de la Inmortalidad –respondió Tyrone Cox–. Nada más y nada menos.

–¡Caramba!

–¡La leche!

–¿Eso es... cierto? –balbuceó Telmo.

–Es una leyenda –dijo su padre, el bibliotecario.

No existe ningún mapa para llegar a ese lugar, pero Nosperratu sabe dónde está. ¿Lo entiendes, sobrino? No podemos permitir que el Clan Oscuro se haga con Nosperratu. *Tú no puedes permitirlo*. Espero que sepas disculparme por haberte metido en este lío.

Tengo la esperanza de que el Clan no llegue hasta ti, pero, claro, si estás leyendo esto, es que sí lo ha hecho. Han averiguado que Nosperratu vive ahora contigo y el perro te ha entregado mi mensaje secreto. Así que en este momento todo depende de ti. No puedes dejar que atrapen a Nosperratu. Tienes que protegerlo.

–Aquí termina la carta –informó Tarsio.

–Lo dicho: ¡qué simpático tu tío! –insistió su madre.

Plan de acción

–¿Qué se supone que he de hacer ahora? –gimoteó el padre de Tarsio, que había vuelto a desmayarse otra vez, aunque solo durante unos minutos–. ¿Qué puedo hacer con ese chucho?

–¡No lo llames chucho, papá!

–Para empezar –dijo Tyrone Cox, poniéndose en pie–, no puede usted permitir que el Clan Oscuro se haga con él, como bien dice su tío.

–¡Ni siquiera sé qué es eso del Clan Oscuro!

–Ni yo –apuntó Tarsio, y en seguida todos sus amigos lo secundaron. Ninguno había oído jamás hablar de ese clan.

–Normal –explicó Cox–. El Clan Oscuro no quiere que se conozca su existencia. Pero mucho me temo que, si logran hacerse con la Poción de la Inmortalidad, ya no les importará en absoluto que la gente sepa que existen. Es más, lo proclamarán ellos mismos. Se adueñarán del mundo entero.

–¿En serio?

–Y tanto. Si es cierto lo que pone en esa carta y este animal sabe cómo llegar al lugar donde Vlad Tepes la escondió... –El director se interrumpió y negó con la cabeza–. Estamos ante una situación muy peligrosa. Tenemos que proteger al perro. Le ofrezco toda mi ayuda. Puede usted contar conmigo.

–Muchas gracias, señor director, pero... ¿qué me sugiere? ¿Tiene alguna idea?

Tyrone Cox se mordió el labio mientras pensaba.

–No, no tengo ninguna.

–¡Pues qué bien! –protestó la madre de Tarsio, que estaba acabando con los nervios de todos los presentes de tanto quejarse.

–Señor director –intervino don Liberto–, si me permite decirlo: creo que ahora mismo el lugar más seguro para Nosperratu es el colegio.

Cox se lo pensó unos segundos.

–Sí, es buena idea. Podemos llevarlo allí. Todos ustedes pueden trasladarse durante unos días al colegio, hasta que decidamos qué hacer.

–¿Y si esa gente, el Clan Oscuro, lo descubre?

–El colegio es seguro, descuide. Pero solo podemos utilizarlo durante un tiempo.

–¿Y después? ¿Tendremos que mudarnos? ¿A otra ciudad, a otro país? –En la cabeza de la madre de Tarsio surgían imágenes aterradoras de maletas y cajas llenas de todas sus cosas–. ¿Nos vamos a pasar la vida huyendo de ese Clan Negro?

–Oscuro, mamá, es el Clan Oscuro.

–¿Qué es exactamente el Clan Oscuro, señor director? –preguntó Severina, vivamente interesada.

Tyrone Cox la miró. Severina era su alumna preferida.

–Los malos, querida mía. Los miembros del Clan Oscuro son los malos. Los seres más siniestros que puedas imaginar.

–¡Vaya, qué tarde se ha hecho! –exclamó Jimmy al oír eso–. Yo me tengo que ir ya.

–No, Jimmy, me temo que no –repuso el director–. Todos los que estamos en esta sala debemos permanecer juntos. El Clan Oscuro es muy peligroso y puede que en este mismo momento sepan que estamos aquí. Si alguno de nosotros se queda solo, puede correr un riesgo demasiado grande.

–¡Pero... pero...! –Jimmy miró con desdén a Nosperratu. Ya le daba miedo aquel perro desde el primer día que Tarsio lo había llevado a clase, ¡y entonces ni siquiera sabía que era inmortal!–. Los comehuesos y yo no congeniamos, usted lo sabe, señor director. ¡No es justo que todos nos veamos metidos en este lío por culpa de ese bicho!

–¡Que no lo llames «bicho»! –le gritó Tarsio. Nosperratu comenzó a gruñir.

–Es lo que es, un bicho. Un bicho inmortal que roe huesos.

Ahí se lio. Sin que nadie tuviera tiempo de reaccionar, Nosperratu saltó desde la alfombra y cayó sobre el pobre Jimmy, cerró su mandíbula en torno a la tibia y tiró de ella, dispuesto a arrancársela.

–¡Quieto, Nosperratu!

–¡Jimmy, deja en paz al perro!

–¡¿Yo?! ¡Pero si es él! ¡Ay, mi pierna, que se la come!

Unas horas después, todos volvían a estar reunidos en el despacho del director Cox en el colegio PlazaMar. Allí mismo estaba, protegida dentro de su vitrina, la Orquídea de los Tiempos, que los chicos habían encontrado unas pocas semanas atrás en un laberinto secreto bajo los cimientos del mismísimo colegio.

Jimmy el Guapo se frotaba la pierna con expresión compungida.

–¿Tiene usted un papel y un boli, señor Cox? –pidió la madre de Tarsio.

–Sí, claro.

Su marido la miró sorprendido.

–¿Para qué quieres eso?

–Para ti.

–¿Cómo que para mí?

–Ahora mismo le vas a escribir una carta a tu tío el simpático, y le vas a decir lo felices y contentos que estamos todos de que nos haya metido en este jaleo sin preguntarnos antes.

–Eso quizá sea mejor dejarlo para más adelante, señora –intervino el director, amablemente–. Ahora tenemos que tomar una decisión.

–Guuau –dijo Nosperratu.

–Está bien, está bien –aceptó la madre de Tarsio–. Pero luego la escribes. ¡Vaya si la vas a escribir!

Don Liberto había cogido un libro de su biblioteca y lo leía en silencio sin prestar atención a la discusión. Cuando terminó el apartado que hablaba sobre el Clan Oscuro, lo cerró y lo dejó sobre la mesa del director.

–Según lo que dice ahí, el Clan Oscuro era un grupo de seguidores del príncipe de Valaquia a cuyos miembros Tepes les prometió que les dejaría beber de su Poción de la Inmortalidad, pero luego se arrepintió y no les dio ni un trago.

–Entonces, ¿se quedaron sin ser inmortales? –preguntó Telmo.

–En efecto. Pero sus hijos formaron un nuevo Clan Oscuro e intentaron encontrar la poción. Y cuando ellos fracasaron, lo intentaron también sus propios hijos, y después sus nietos, y así hasta que el Clan se disolvió en el siglo XIX.

–¿En el siglo XIX?

–Sí, eso pone en el libro.

–Fue una estratagema –intervino el señor Cox–. El Clan Oscuro siguió en marcha, pero lo hizo en un secreto absoluto. Ya no lo menciona ningún libro, pero el Clan sigue existiendo. Pensaron que así nadie les molestaría, y podrían actuar con tranquilidad. Y sus descendientes siguieron con el plan. Yo he oído hablar de ellos muchas veces, y también de la poción de Vlad Tepes, el príncipe de Valaquia, el conde Drácula. Ambas cosas, el Clan y la poción, por separado no son más que leyendas, pero si las unimos tenemos uno de los mayores peligros a los que jamás se ha enfrentado nuestro planeta. Si los miembros del Clan Oscuro consiguen hacerse inmortales...

–Estamos apañados –dijo Leopoldo.

–Puedes decirlo así, Leo, sí –corroboró Cox.

–Vale, ¿y cómo lo impedimos? –preguntó Tarsio–. Tenemos que esconder a Nosperratu donde no puedan encontrarlo.

–No –dijo don Liberto.

–¿No? ¿Cómo que no?

El bibliotecario tardó un par de segundos en poner en orden sus ideas y explicarse:

–Creo que hay una alternativa mejor. Más arriesgada, desde luego, pero también más definitiva. No podemos pretender esconder a Nosperratu eternamente, por una razón muy simple: él es inmortal y nosotros no. –En ese punto, todas las miradas se volvieron con cierto disimulo hacia Tyrone Cox, del que muchos sospechaban que sí era inmortal, pero nadie dijo nada y don Liberto continuó con su explicación–: Si solo nos conformamos con ocultarlo del Clan Oscuro, llegará un momento en que no podamos hacerlo por más tiempo.

–Entonces, ¿qué sugieres, papá? –preguntó su hijo Telmo.

–Pasar a la ofensiva –contestó el bibliotecario.

–¿Cómo? –se alarmó la madre de Tarsio.

–¡¿Qué?! –exclamaron Jimmy y Severina.

–¿Al ataque? –preguntó Tarsio, sorprendido–. ¿Cómo podemos hacerlo?

–Adelantándonos a los planes del Clan Oscuro –informó don Liberto–. Propongo que vayamos nosotros a Rumanía y busquemos la Poción de la Inmortalidad.

A su alrededor, todos y cada uno de los presentes fueron quedándose inmóviles, con los ojos como platos soperos y boquiabiertos (Jimmy más que ninguno, porque a él se le descoyuntó la mandíbula de tanto abrir la boca).

–Si localizamos la poción y nos hacemos con ella, podremos guardarla en lugar seguro.

–¿Más seguro que el lugar donde lleva escondida desde hace quinientos años? –preguntó Severina.

–Sí, porque no olvides que ahora solo hace falta tener a Nosperratu para que él te lleve hasta la poción. Nosotros podemos ocultarla en algún sitio donde ni el perro pueda encontrarla.

–¿Como por ejemplo?

Don Liberto dudó unos segundos y carraspeó:

–Bueno, eso todavía no se me ha ocurrido.

–Quizá este sería un buen lugar –dijo entonces el director Cox–. Aquí, junto a la Orquídea de los Tiempos. Da igual que el bueno de Nosperratu sepa dónde está si la guardamos dentro de una caja de seguridad que nadie pueda abrir. Creo que el plan de don Liberto es acertado. Deberíamos ponernos en marcha de inmediato.

–¿Deberíamos? ¿Ponernos? ¡Eso es un plural! –exclamó la madre de Tarsio–. ¿No estará usted sugiriendo que vayamos todos? ¡Somos un montón! ¡Y a Rumanía, nada menos!

–Sí, tiene usted razón, señora –admitió el director–. Pero piense que el Clan Oscuro está tras la pista de Nosperratu...

–Sí, mamá –dijo Tarsio–. Está claro que Nosperratu tiene que ir, él es el único que sabe dónde está escondida la dichosa poción. Y Nosperratu se negará a ir si yo no lo acompaño.

–¡Tengo una idea! –exclamó de pronto Telmo–. Podríamos disfrazar el viaje a Rumanía como una excursión cultural del colegio. Así nadie se extrañará si vamos todos.

–¿Todos? –repitió Jimmy, que no había parado de frotarse la tibia dolorida–. ¿Has dicho *todos*? Porque a mí no me importaría quedarme aquí... lejos de ese chucho endiablado.

–¡¡¡Guauguauguauguau!!!

–¡Socorro! ¡Tarsio, no lo sueltes, que me come! ¡Que me come ese bicho!

–Que no te va a comer, hombre –contestó Tarsio–. Creo que lo que Nosperratu está intentando decirnos es que quiere que vayamos todos juntos. Tú también, Jimmy.

–Por si le entra hambre, ¿no? ¡Anda, qué majete el perro! –refunfuñó Jimmy.

Excursión cultural a Valaquia

Rumanía está en el corazón de Europa del Este, y en el corazón de Rumanía se extiende la región de Valaquia; y al corazón de Valaquia acababan de llegar los participantes en la excursión cultural organizada a toda prisa por el colegio PlazaMar: Tarsio, Telmo, Severina, Leopoldo, Amber, Jimmy, don Liberto, el director Cox y, por supuesto, Nosperratu. Y en el corazón de todos, un estremecimiento... porque ante ellos se alzaba en la penumbra del atardecer, siniestro y amenazador, el castillo donde cinco siglos atrás había vivido el príncipe Vlad Tepes.

Finalmente, los padres de Tarsio y la madre de Amber se habían quedado atrás por sugerencia de Tyrone Cox.

–Hay una cosita que no acabo de comprender –dijo de pronto Telmo. Lo había estado rumiando durante todo el viaje hasta allí, primero en el avión, luego en el autobús y, por último, en el carromato tirado por mulas del que acababan de bajarse porque su dueño se había negado a acercarse ni un metro más al castillo.

–Tú dirás, hijo –le dijo su padre.

–Si el conde Drácula tenía en su poder la Poción de la Inmortalidad, ¿cómo es que murió? ¿Es que no bebió de ella?

Fue Tyrone Cox quien contestó:

–La poción solo te protege contra la vejez y las enfermedades, no contra las estacas ni las espadas. Contra esas armas no hay nada que te pueda proteger.

–Yo tengo otra duda –comentó entonces Jimmy–. Cuando encontremos la dichosa poción...

–Si la encontramos –apuntó Amber, que con la emoción del viaje y la aventura llevaba horas sin fiebre y sin estornudos.

–Sí, claro, si la encontramos. Pero ¿qué haremos? ¿Nos la repartimos y damos un trago cada uno? Lo digo porque no sabemos cuánta poción hay. ¿Habrá suficiente para todos? Y, si no, ¿qué? Yo voto porque hagamos una lista para ponernos en orden, ¿no os parece? Así luego no hay discusiones. No sé, podemos echarlo a suertes, al palito más largo, no sé. Además, puede que a alguno no le apetezca beber. A mí sí. Más que nada porque creo que el mundo se merece que yo siga estando en él, por lo de mi atractivo estratosférico y eso. Sería una pena que el mundo se perdiera la posibilidad de verme siempre por aquí, luciendo palmito.

–¡Oh! –exclamó Amber–. ¿Alguien puede hacer que se calle de una vez?

–Son los nervios –dijo Severina en voz baja–, siempre que está nervioso empieza a hablar sin parar.

–No, Jimmy –dijo Tyrone Cox con voz firme–. Nadie va a beber de la poción. ¡Nadie!

–¿Y eso por qué?

–La inmortalidad es un riesgo demasiado alto.

–No lo entiendo. ¿Por qué? –insistió Jimmy.

–Cuando alguien es inmortal, puede sentir la tentación de dominar el mundo –dijo Cox–. Por eso tenemos que conseguir la poción antes que el Clan Oscuro. Y, si la conseguimos, la pondremos a salvo, ¡y nadie beberá ni una gota!

–¡Pues vaya! –se quejó Jimmy en voz baja–. Tengo que acompañar a un comehuesos que casi me arranca la tibia y ni siquiera me van a dejar dar un trago de esa dichosa poción.

–Bueno, cambiemos de tema –dijo don Liberto, cuyos diminutos ojos de topo inspeccionaban los alrededores a través de sus gafas redondas de montura plateada–. Creo que nos conviene decidir qué hacer a partir de ahora.

El hombre que los había llevado hasta allí en el carromato se había despedido con prisas diciendo que estaban locos si pretendían dirigirse al castillo cuando faltaba tan poco para que anocheciese.

–¿Se puede votar por volvernos a casa? –preguntó Jimmy. Acababa de sentir un cosquilleo que había empezado en su cabeza y se había extendido por la nuca: eran los piojos de su tupé, que se habían dado a la fuga con la esperanza de alcanzar todavía el carromato y alejarse de aquel lugar. Siempre lo abandonaban cuando olían peligro.

Frente a ellos, los muros del castillo continuaban siendo blancos pese a los años transcurridos desde que había sido construido, y las muchas torres que había en él estaban coronadas por pequeñas cúpulas rojizas que ahora brillaban con los últimos rayos del sol.

La carretera se había convertido en un camino de tierra que se extendía a través de un bosque de árboles sin hojas hacia la montaña donde estaba el castillo.

–Habrá que ponerse en marcha, ¿no? –sugirió Cox.

–Un momento –dijo Tarsio–. ¿Y si dejamos que nos guíe Nosperratu? –Hasta ahora, había tenido al perro sujeto por la correa, y cuando los demás asintieron, se agachó para soltarlo.

Todos aguantaron la respiración, convencidos de que el perro saldría de pronto a la carrera

tras el aroma de su primer amo y ellos tendrían también que correr para no perderlo de vista. Pero lo primero que Nosperratu hizo fue sentarse y rascarse con una de sus patas traseras detrás de la oreja, con el aire de a quien le importa un comino si está delante del castillo del príncipe de Valaquia o delante de un supermercado donde su dueño ha entrado a hacer la compra. Estuvo rascándose por espacio de dos largos minutos, luego se incorporó, se desperezó como solo sabe hacerlo un animal de cuatro patas, y, entonces sí, se decidió a moverse... hasta el árbol más cercano. Olisqueó el tronco, levantó una pata e hizo pis.

–¡Pues sí que hemos escogido un buen guía! –se le escapó a Leopoldo.

–¡Vamos, Nosperratu! ¡Busca, busca! –lo animó Tarsio.

El perro lo miró como diciendo: «¿A quién quieres que busque?».

La desilusión solo necesitó un par de segundos para caer sobre el grupo entero, pero eso parecía ser precisamente lo que Nosperratu había estado esperando, como si hubiera querido tomarles el pelo a todos, porque ahora sí echó a correr en dirección al castillo.

Trampa

Corrieron tras él, temiendo que, si el perro se alejaba demasiado y lo perdían de vista, no tendrían oportunidad de encontrar la poción mágica.

–¿Seguro que el chucho está de nuestra parte? –preguntó Jimmy, que era el único al que quizá no le importaría que el animal les diera esquinazo y desapareciera para siempre.

En respuesta a su pregunta, Nosperratu se detuvo en su carrera para esperarlos, y cuando los tuvo lo bastante cerca, volvió a correr, esta vez para salirse del camino e internarse en el bosque.

–¿Y ahora adónde va? –casi gritó Telmo.

–Puede que conozca un atajo al castillo –sugirió Amber, que aunque había sido previsora y se había puesto piernas de atleta, había decidido ir despacio para hacer compañía a Severina, que era la más lenta a la hora de correr.

–O puede, simplemente, que la poción no esté en el castillo –contestó Tyrone Cox–. Todos los que la han buscado han registrado hasta el último rincón y no han encontrado ni una pista, así que puede que Nosperratu nos esté llevando hacia el verdadero escondrijo.

El perro zigzagueaba entre los árboles, sin dejar de avanzar, y los demás lo imitaban, esquivando los obstáculos que salían a su paso.

En un momento dado, Nosperratu lanzó al aire tres agudos ladridos, pero el grupo no supo interpretar la advertencia y, uno tras otro, fueron cayendo. El suelo se abrió de repente bajo sus pies. Tarsio iba el primero, seguido muy de cerca por Telmo, su padre el bibliotecario y Leopoldo, cuyos cuatro ojos no paraban de mirar en todas direcciones (menos al suelo). Jimmy y Tyrone Cox iban unos metros más atrás, lo justo para no ver cómo sus amigos se precipitaban al agujero, y aunque sí oyeron sus gritos, eso solo les hizo correr más rápido... y caer encima de los otros.

–¡Ay, Jimmy! –se quejó Telmo–. ¡Tienes los huesos puntiagudos! ¡Me has clavado el peroné, el codo y la barbilla!

Arriba, Nosperratu ladraba ahora enloquecido. En su mente perruna, se preguntaba por qué nadie le hacía caso. ¡Se lo estaba ladrando una y otra vez: «Que os vais a caer, que os vais a caer»! Y todos se caían. Como fichas de dominó. ¡Qué torpes! Solo faltaban ya Amber y Severina, que se habían descolgado un poco del grupo. Si ellas también caían...

Nosperratu se plantó delante de las dos, entre ellas y el agujero, y les ladró con todas sus fuerzas.

–¿Qué pasa, Nosperratu? –preguntó Amber–. Me estás asustando.

Entonces, el perro se calló y las chicas pudieron oír las llamadas de los demás:

–¡No os mováis, no deis un paso más!

–¡¡¡Cuidado!!!

–¿Dónde estáis? –gritó Severina.

–¡Aquí abajo!

Por fin, las chicas descubrieron el agujero, se asomaron al borde y vieron en el fondo, a unos tres metros de profundidad, a los demás.

–¿Os habéis caído todos? –se sorprendió Severina.

–Mira que sois torpes –dijo Amber.

–¡Guau! –añadió Nosperratu, que era como decir que sí, que eran torpes, y mucho.

Jimmy fue el primero en ponerse en pie:

–Amber, échame una mano.

Su amiga obedeció: se quitó la mano izquierda y se la lanzó.

–Ahí la tienes, Huesos.

–¡No, mujer! ¡Que me ayudes a salir de aquí!

–Ah, perdona, te había entendido mal –se rio Amber–. ¿Y cómo pretendes que lo haga? Estáis demasiado abajo. ¿Sabes qué? Te recomiendo que te descoyuntes unos cuantos huesos y así los demás podrán construir una escalera y subir hasta aquí.

–¡Ja, qué graciosa! –refunfuñó Jimmy, ofendido, y le lanzó de nuevo la mano, que Amber se enroscó en la muñeca.

–¿Tú qué piensas, Severina? ¿Los sacamos?

–¡Qué remedio!

–Buscad algunos palos que sean largos –dijo el director Cox–. La idea de la escalera no es mala, Amber, pero usaremos palos en vez de huesos.

–¡Sí, desde luego! –exclamó Jimmy–. Mis huesos ni tocarlos.

Pero cuando las dos chicas se disponían a registrar los alrededores en busca de palos y troncos que pudieran ser útiles, Nosperratu detectó un olor conocido. Era muy débil, y muy antiguo, pero lo reconoció, pues era el aroma de su primer dueño. Vlad Tepes había sido tan poderoso que su olor había quedado impregnado en la región donde había vivido tantos años atrás. Ladró, y cuando Amber y Severina miraron hacia él, allí solo estaba el eco del ladrido. El perro ya había echado a correr.

–¡Nosperratu se las pira! –exclamó Severina.

–¡Seguidle! –gritó Tyrone Cox–. ¡No lo perdáis de vista!

–¿Y nosotros qué? –preguntó Leopoldo. Sus ojos pedunculados se estiraban hacia arriba, pero ni aun así podían alcanzar la boca del agujero.

–Ahora lo importante es Nosperratu –insistió el director–. ¡Corred tras él, chicas!

–Lo de correr no es lo mío, señor Cox –avisó Severina–. Usted ya lo sabe.

–¡No perdáis al perro, Severina, y te prometo que tendrás matrícula de honor en educación física!

Eso fue más que suficiente para activar a la chica. Educación física era la única asignatura que se le atragantaba, por culpa de sus pequeñas piernecitas, que apenas podían con el enorme peso de su cuerpo.

El estanque helado

–¡Perrito! Lindo perrito, ¿dónde te has metido? ¡Ladra un poquito para que te oigamos!

Era Amber la que llamaba, con su tono de voz más melodioso, el que reservaba para cuando ensayaba sola ante el espejo alguna de las escenas de sus actrices de Hollywood favoritas, pero Nosperratu había desaparecido. Cada vez estaba más oscuro y el bosque era cada vez más espeso, de modo que ahora el perro podía estar en cualquier parte. Y ellas también, porque de tanto correr detrás del animal ya no tenían ni la menor idea de dónde se encontraban. Ni tampoco de dónde estaba el agujero en el que los demás habían caído unos minutos antes. Se habían perdido.

La habían hecho buena.

Muy buena.

Estaban perdidas en Valaquia.

–¡Estamos perdidas en medio de Rumanía! –se lamentó Severina–. ¡En Valaquia!

–Gracias por informarme, no me había dado cuenta –repuso Amber, con sorna.

–Pero... Quiero decir que esto es tierra de vampiros. Si existen, claro está.

–¡Oh, claro que existen, Severina! ¿Es que te has olvidado de que el señor Cox es uno de ellos?

–Me refiero a los malos, a los de las películas.

–Ah, en esos no había pensado, gracias por recordármelos. Hoy estás muy maja, ¿eh, Severina?

–¿Y si nos atacan?

–¡Y dale, qué pesada! Pues ¿sabes una cosa? Si nos atacan vampiros de los malos, yo echaré a correr con mis preciosas piernas de atleta y te dejaré aquí solita. De verdad que lo haré, si no te callas de una vez y me ayudas a encontrar a Nosperratu. Al final tendré que darle la razón por una vez en la vida a Jimmy y admitir que ese perro es un mal bicho.

Justo en ese momento, cuando Amber pronunciaba el nombre de Jimmy, oyeron una serie de pisadas acercándose. A las dos se les puso el pelo de punta: Amber daba la impresión de haberse peinado hacia arriba y de haber empleado en ello un montón de laca fijadora, y Severina parecía un erizo enorme, o un puerco espín, o un pez globo, una luna llena que se hubiera dejado melena, algo muy grande y redondo, con mucho pelo y dos piececitos asomando por debajo.

Pero no fue un vampiro quien se presentó ante ellas, sino Nosperratu, con cara de enfado porque avanzaban tan despacio que le había tocado volver a por ellas.

–¡Guuuaaauu guuaau! –ladró, que era como decir–: ¿Os queréis mover de una vez?

–¿Dónde te habías metido? –le recriminó Severina.

Nosperratu le dio la espalda y se alejó otra vez, ahora más despacio para que pudieran seguirle, y las guió hasta el punto donde el terreno se elevaba en una pared de roca que, varias decenas de metros más arriba, sostenía los cimientos del castillo. Allí, de la propia roca manaba un fino chorro de agua cristalina que a lo largo de los años y los siglos había formado un estanque en cuya superficie se reflejaban las copas de los árboles que lo rodeaban y la luz de la luna. Del estanque salía un riachuelo que se internaba en el bosque.

–¿Y ahora qué? –dijo Amber–. ¿Qué quieres, que escalemos?

–¡Guau! ¡Que no! –Nosperratu empezaba a desesperarse. Agachó la cabeza para señalar el estanque, pero como eso tampoco sirvió para que las chicas comprendiesen lo que pretendía decirles, dio un par de pasos y se metió en el agua, que estaba muy fría.

–Creo que tiene sed –murmuró Amber.

–¡Guau, guau! ¡Que no, que no!

–Me parece que dice que no –dijo Severina–. Mira cómo mueve la cabeza, está diciendo que no.

Nosperratu resopló, aunque sonó como un ladrido en voz baja. No iba a quedarle más remedio que hacerlo él. Avanzó unos pasos más ante la atenta y sorprendida mirada de Amber y Severina, cogió aire y se zambulló hacia el fondo.

–¡Se ha puesto a bucear!

–¡Es un perro submarino!

La acción de Nosperratu, que ya era extraña de por sí, se convirtió en un auténtico misterio

cuando empezaron a pasar los segundos y el animal no regresó a la superficie.

Severina comprobó su reloj.

–¡Lleva ya más de un minuto ahí abajo!

–Te digo una cosa –protestó Amber–: me estoy comenzando a cansar de este perro. No hace caso, se va corriendo cuando le da la gana, y ahora va y se mete bajo el agua. ¡Y como no salga pronto, nos va a tocar meternos a sacarlo! ¡Con lo helada que tiene que estar el agua!

Severina no dejaba de mirar su reloj, cada vez más preocupada:

–Minuto y medio. ¿Qué hacemos?

–¡Buff, de verdad que no me gusta tener que darle la razón a Jimmy, pero esta vez voy a tener que hacerlo! –se lamentó Amber. Mientras lo decía, se subió las perneras de los pantalones y se metió en el estanque, y eso que todavía no se había curado del todo la gripe. Cuando el agua le llegó a las rodillas, se puso a chapotear–. ¡Vamos, Nosperratu! ¡Sal, venga, sal!

–Si no te hacía caso hace un rato cuando creíamos que nos habíamos perdido en medio del bosque, ¿por qué piensas que te lo va a hacer ahora cuando ni siquiera puede oírte?

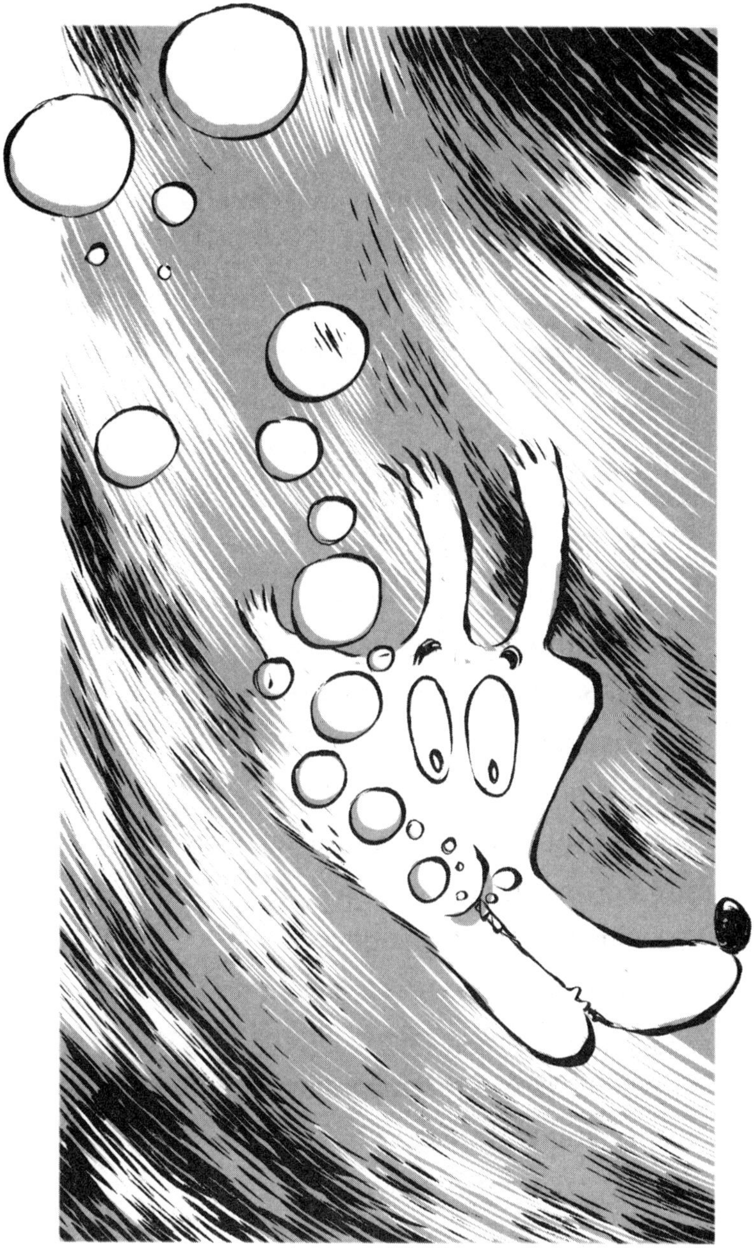

Amber ignoró el comentario de su amiga y se inclinó hasta que su cara casi tocó la superficie del agua. No se veía muy bien, pero...

–¡Severina! –exclamó–. ¡Ese chucho ha desaparecido! ¡No está!

–¿Cómo que...? –Severina, que hasta ese momento se había mantenido en la orilla, se decidió a meterse. Llegó al lado de Amber y la imitó, tratando de que su mirada atravesase el agua para detectar al perro.

No, no estaba allí.

–¿Magia? –se le escapó a Amber.

–Se supone que Nosperratu es inmortal –repuso Severina–, no un mago. Me niego a creer que existan perros magos. ¿Qué haría un perro mago: ladrar hechizos?

–Entonces, ¿qué? ¿Cómo explicas que no esté? Lo que está claro es que no ha salido.

–Vamos a tener que bucear.

–¡Me niego!

–Pues tú dirás. ¿Tienes alguna otra idea?

Amber pensó durante unos segundos, pero Nosperratu continuaba sin volver a la superficie, así que tenían que darse prisa.

–¿Las dos a la vez? –preguntó.

–Las dos a la vez –contestó Severina–. Venga, a la de tres. Una, dos... ¡y tres!

Llenaron sus pulmones de aire y se zambulleron, hundiéndose hacia la zona más profunda del estanque.

Un túnel

Nosperratu no estaba allí. El fondo del estanque estaba lleno de rocas y vegetación, pero el perro no estaba.

Amber y Severina salieron varias veces y volvieron a sumergirse. Hacía más de cinco minutos desde que Nosperratu había desaparecido.

Cinco minutos era mucho tiempo.

–¡No está! –gritó Amber, desesperada.

–Una vez más, vamos a probar una vez más.

–¿Para qué, Severina? El chucho no está.

–Tiene que estar en alguna parte. No puede haberse hecho invisible. Una vez más, venga.

–La última. Se me están congelando hasta las ideas.

Esta vez bucearon hasta la pared de roca en el extremo más alejado del estanque, aunque ya lo habían hecho antes, pero en esta ocasión Amber vio algo. Tiró del brazo de Severina y se lo indicó: un agujero en la pared. La entrada de una cueva.

Amber se deslizó bajo el agua hacia allí y, al llegar, vio que había espacio suficiente para entrar. Era la única explicación: Nosperratu se había metido por aquel agujero. Había entrado en aquella cueva, o lo que fuera, por eso no lo podían encontrar en el estanque.

Sin pensárselo, se metió en el agujero. Era un pequeño túnel, estrecho y de apenas dos metros y medio de largo, y después de recorrer esos dos metros y medio se pasaba a una estancia más grande. Amber movió los brazos y las piernas para subir, con la esperanza de que hubiera allí también una superficie a la que salir, porque se estaba empezando a quedar sin aire.

Cuando su cabeza salió del agua, comprobó que sí, que allí había aire. El techo quedaba a más de tres metros de distancia y frente a ella había una elevación de roca, como una pequeña playa sin arena. Podía verlo porque en el fondo de la cueva había algo que brillaba y bañaba el lugar con un resplandor azulado.

–¡¿Has visto eso?!

Cuando se dio cuenta de que Severina no le contestaba, se giró para buscarla.

–¿Dónde...? ¡Severina! ¡Otra que ha desaparecido!

Severina la había seguido hacia la entrada de la cueva, ella la había visto, así que debería estar a su lado... Pero no lo estaba.

Solo cuando vio que la superficie del agua se llenaba de burbujitas, empezó a sospechar: ¡Severina se había quedado atascada en el túnel!

Volvió a coger aire y bajó otra vez.

Severina estaba justo donde se había imaginado. Su cuerpo enorme y ovalado había conseguido atravesar casi todo el túnel, pero justo al final se había quedado atrapado. La pobre empujaba con sus bracitos, pero no lograba soltarse. Y el aire ya se le había acabado.

Amber llegó hasta ella, la cogió de las manos y tiró. Tiró, y tiró, y se le salieron los dos brazos.

Se los colocó de nuevo a toda prisa, ayudándose de las piernas. Era difícil, pero le había ocurrido más veces y tenía práctica. Luego volvió a tirar, apoyando los pies en la pared a ambos lados del túnel. Severina tenía la cara roja. Parecía un globo peludo.

Amber empezaba a temer que sus piernas de atleta también fuesen a soltarse de sus enganches justo cuando notó que Severina salía por fin de aquella trampa de roca y ambas subían.

Durante dos minutos enteros las dos amigas se abrazaron y rieron de felicidad después del tremendo susto que se habían llevado, y se concentraron solo en respirar. No les importaba nada más, solo el aire que entraba en sus pulmones.

Luego, cuando se fueron tranquilizando, Amber recordó lo que había visto, la fuente de aquella luz azulada que iluminaba la cueva.

–¡Severina, mira eso de ahí! ¡Mira, mira!

Su amiga siguió la dirección de su brazo extendido y vio lo mismo que ella. Al fondo, fuera del agua, estaba Nosperratu, sentado sobre sus patas traseras, mirándolas. Detrás de él había una especie de altar de mármol blanco con la forma del tronco de un árbol recubierto de enredaderas. Encima descansaba una botella diminuta, dorada y salpicada de lo que parecían ser rubíes y diamantes. Era de la botella de donde manaba la luz azul.

Ninguna de las dos pudo apartar los ojos durante un buen rato. La botella era preciosa, y la luz le daba un toque mágico.

–¡Guuaauuu!

–Así que aquí era donde querías traernos, ¿eh, Nosperratu?

–Guau.

–¿Y no podrías haberlo dicho más claramente en vez de darnos tantos sustos? –protestó Amber.

–¡Guauu guau guauuu! –Que, en idioma perruno, venía a ser: '¡Si yo os lo he dicho, pero es que no os enteráis de nada!'.

Salieron del agua y contemplaron el espectáculo de aquella pequeña botella y la curiosa luz que salía de ella.

–¿Es...? ¿Tú crees...? –tartamudeó Severina, en parte por los nervios y en parte por el frío.

–Sí... yo creo que sí, ¿no?

–Guau.

–¿La poción?

–La Poción de la Inmortalidad, sí. Tiene que serlo.

–Pues es pequeña.

–Sí. Pequeñita pequeñita. Ahí cabe menos poción que en una lata de refresco.

–Como mucho da para dos tragos.

Ahora las dos amigas se miraron. La tentación de beberse la poción entre las dos solo duró un breve instante: sabían que no podían hacerlo. Aunque nadie sería capaz de decir que no se lo habían ganado.

Severina se acercó al altar y examinó la botellita.

–¿Nos la llevamos?

–Será lo mejor –dijo Amber–. Tenemos que volver a por los demás y sacarlos del agujero. –Ella misma estiró el brazo y cogió la poción.

–¡Espe...! –La advertencia de Severina se quedó a medias. Acababa de distinguir un hilo finísimo anudado a la base de la botella. Cuando Amber la levantó, el hilo se tensó y sonó un clic.

–¿Qué ha sido eso?

–No lo sé. Espero que no sea una trampa.

–¿Trampa? ¡Yo no quiero trampas!

–Ni yo, ¿qué te crees?

Al primer clic le siguió ahora un segundo, tras el cual se hizo un silencio momentáneo que acabó roto por un crujido tremendo. Las dos pensaron lo mismo: que había llegado el fin del mundo y el fin de todo. El hilo había activado un mecanismo oculto.

El crujido no cesaba. Al contrario, parecía aumentar de volumen. A Amber se le escapó la botella de la mano... pero no llegó al suelo. Nosperratu la pilló al vuelo dos centímetros antes de que se estallase contra la roca, la aferró con fuerza entre sus mandíbulas y saltó al agua para sumergirse hacia el túnel de salida.

–¡Larguémonos de aquí! –gritó Severina al ver caer el primer trozo de roca del techo de la cueva.

Imitaron el salto del perro y se hundieron, pero con las prisas no planificaron la huida y Severina llegó antes a la boca del túnel... y de nuevo su cuerpo hizo de tapón. ¡Plop!

Amber llegó tras ella y se dio de bruces contra el trasero de su amiga, que ya tiraba hacia delante y hacia atrás sin conseguir moverse. Para entonces, el techo entero se venía abajo, accionado por aquel resorte oculto que el príncipe de Valaquia había atado a la Poción de la Inmortalidad por si se colaba algún intruso en su escondite secreto. Amber comprendió que su única posibilidad de escapar era desatascar la salida, así que cogió

impulso y pateó a Severina con sus magníficas piernas de atleta, como haría un futbolista en la última ocasión del partido, sabiendo que o mete gol o su equipo está eliminado y el árbitro está a punto de pitar.

El fútbol no era lo suyo. Ni siquiera le veía sentido a eso de que no sé cuántos jugadores corriesen detrás de una sola pelota. ¿No podían comprar más pelotas y repartirlas? Pero lo cierto es que se podría decir que esa noche Amber marcó un golazo. Y el balón era una bola peluda que gritó a un tiempo de dolor por el patadón y de alegría por verse libre.

Segundos después se encontraban a salvo, en el estanque. Ya no les importaba lo más mínimo que el agua estuviese fría. Ni tampoco que la cueva secreta donde Vlad Tepes había ocultado la Poción de la Inmortalidad cinco siglos atrás hubiese quedado destruida para siempre. Si había algo que en aquel momento les importaba, era lo que sus ojos les mostraban: Nosperratu, en la orilla, con el cuello estirado hacia arriba como un lobo que fuera a aullarle a la luna y la botella dorada entre sus dientes, sin tapón, derramando su luminoso líquido azul en la garganta del perro. Hasta la última gota.

Prisioneros

Mientras todo eso ocurría, el resto del grupo seguía atrapado en el profundo agujero en mitad del bosque. Habían realizado varios intentos de salir, pero ninguno había dado resultado. En el último de ellos habían tratado de construir una torre: el director y el bibliotecario se colocaron abajo, como los cimientos; encima de ellos, Tarsio y Jimmy, y a Telmo le correspondió el papel de escalador. El primer piso de aquella torre lo subió sin problemas, pero el segundo cedió bajo su peso.

–¡Que me chafas el cráneo! –gritó Jimmy

cuando Telmo le puso el pie encima de la cabeza–. ¡Mi cresta, mi cresta!

Se movió ligeramente para salvar su peinado y el pie de Telmo resbaló. ¡Catacroc! Por fortuna, Telmo cayó solo hasta quedar sentado a hombros de Jimmy, este no pudo resistir el peso de su amigo y cayó a su vez hasta quedar sentado sobre don Liberto, que soltó un suspiro de agotamiento y se desplomó al suelo arrastrando consigo a los otros dos.

–Oiga, señor Cox –dijo entonces Tarsio–, ¿y usted no puede convertirse un momento en murciélago y subir volando hasta ahí arriba y buscar una cuerda para sacarnos a los demás?

–No, no puedo hacer eso.

–¿Y por qué no?

–Es verdad –añadió Jimmy, frotándose la cresta con gesto de dolor–. Los vampiros de las películas se transforman en murciélagos. Bueno... menos los últimos, que solo se encienden como la lámpara de mi mesita de noche.

–Pero eso solo es parte de la leyenda. Los vampiros de verdad no pueden... no podemos hacer eso –explicó el director.

–¡Me acaba de arruinar usted una de mis máximas ilusiones! ¡¿Qué tiene de bueno ser vampiro si uno no puede ni convertirse en murciélago?! ¡¡¡Vaya monstruo de pacotilla!!! –exclamó Telmo, pero en seguida se arrepintió, porque el director lo fulminó con la mirada–. Perdón, no lo decía por usted.

Durante unos minutos se hizo en el agujero un silencio incómodo. Todos ardían en deseos de que Severina y Amber volvieran, o de que al menos se oyeran los ladridos de Nosperratu, de que alguien, quien fuera, los encontrase allí y les ayudase a salir. Pero los minutos se sucedían unos a otros y no pasaba nada.

–Una preguntita –dijo de pronto Telmo, titubeando.

–Si es otra más sobre vampiros, guárdatela –ordenó su padre, que no quería que el director se enfadase.

–No, no. Es otra cosa. Algo que me está empezando a inquietar.

–Suéltala –le urgió Jimmy.

–Este agujero... –murmuró Telmo–, ¿se supone que... o sea, creéis... que lo puso aquí el príncipe ese de Valaquia, Tepes? O sea, ¿que nadie ha caído en este dichoso agujero en quinientos años?

Los demás se le quedaron mirando, callados. No habían pensado en ello, hasta ahora.

–Difícil de creer, ¿no? –dijo Jimmy.

Don Liberto carraspeó, pero no acertó a decir nada.

–Sí, tienes razón, Telmo –corroboró Tyrone Cox–. Aunque no se acerque mucha gente por aquí por temor al castillo y a las leyendas de Vlad Tepes, es extraño que el agujero haya permanecido perfectamente tapado si fue una trampa preparada por el príncipe para evitar que alguien pudiese encontrar la poción.

–A no ser que este agujero no lo hubiera hecho él –sugirió Leopoldo.

–Entonces, ¿quién? –le preguntó Jimmy, visiblemente nervioso.

Un coro de carcajadas siniestras, procedentes de lo alto, interrumpió la conversación y aclaró al mismo tiempo sus dudas.

Los cinco miraron hacia arriba. Un trío de figuras encapuchadas se asomaba al agujero.

–Nosotros cavamos este agujero –dijo una de las figuras–. No teníamos muchas esperanzas de que funcionase, pero tampoco imaginábamos que fuerais tan torpes.

–¿Quiénes son ustedes? –preguntó Leopoldo.

Pero antes de que ninguna de las figuras le contestase, lo hizo el director Cox:

–¡El Clan Oscuro!

–En efecto, señor Cox. Eso es lo que somos.

Un secreto que compartir

Nosperratu se agachó y dejó la botella con total tranquilidad en el suelo. Luego se relamió y miró a las chicas, que lo miraban a él con cara de espanto.

–Amber, dime que me he dado un golpe en la cocorota y que lo que acabo de ver es una simple ilusión –suplicó Severina.

–Lo que acabas de ver es una simple ilusión –dijo Amber.

–¿En serio?

Amber no contestó y Severina se volvió hacia ella:

–¿En serio?

–A ver... Severina, en serio no. No. No es una ilusión. Se la ha bebido entera. ¡Enterita! –A medida que hablaba, la pobre Amber se ponía más y más nerviosa–: ¡Nosperratu se acaba de beber la Poción de la Inmortalidad! ¡Con todo su morro! ¡HASTA LA ÚLTIMA GOTA! ¡ESTE PERRO ES UN AUTÉNTICO BICHO!

–Inmortal –susurró Severina–, es un perro inmortal. Ya lo era, y ahora lo es más.

–¡NOSPERRATU! –siguió gritando Amber–. ¡TIENES UN MORRO INMORTAL! ¿POR QUÉ HAS HECHO ESO?

–¡Guau guau!

–A mí eso me ha sonado a risa, ¿no? –dijo Severina–. Creo que se está riendo.

En realidad, lo que Nosperratu había pretendido decirles era que no había podido resistirse a la tentación. Aquel líquido azul tenía un sabor delicioso, el más exquisito que jamás había probado, ¡¡¡y llevaba quinientos años sin beberlo!!! Su primer dueño le había dado solo un trago, uno solo, y desde aquel día no había olvidado su sabor. Incluso había soñado con aquella poción, que se bañaba en ella, que se bebía un litro tras otro, poción granizada en verano, poción calentita en invierno, poción a todas horas... ¿Cómo no iba a bebérsela ahora que por fin la tenía de nuevo al alcance de su... de su gaznate?

Que tal vez habría sido más cortés compartirlo con ellas dos y con el resto del grupo... pues, de acuerdo. Pero ¡es que había tan poca! Como mucho, habría tocado una gota para cada uno.

Todo eso era lo que había querido decir, y solo con dos ladridos, para que luego digan que los perros no paran de ladrar.

Amber salió del agua y se dejó caer al suelo. Su amiga la imitó. Después de tanto esfuerzo, de haber estado a punto de ahogarse en el túnel submarino y de ser aplastadas por las rocas del techo de la cueva, ahora, a pesar de que estaban a salvo, solo tenían ganas de ponerse a llorar.

Nosperratu se acercó y se tumbó a su lado, como si todo aquel asunto no fuese con él.

–¿Qué podemos hacer, Severina?

–No me preguntes a mí, no tengo ni idea.

–Pues tú eres la lista. Si lo tengo que decidir yo, estamos apañadas.

–A ver, déjame pensar... –dijo Severina–. Y piensa tú también, anda, que de tonta no tienes un pelo.

–¿De verdad lo crees?

–¡Claro! Solo tienes que concentrarte. Venga, hagámoslo juntas: hay que pensar una solución. Hay que pensar una solución. Hay que pensar una solución... No se me ocurre ninguna solución, no se me ocurre ninguna solución, no se me ocurre ninguna solución...

–¿Y si...? –empezó a decir Amber, pero se arrepintió antes de terminar la frase–. No, eso no.

–¿Qué? Dilo.

–Era una tontería.

–A veces lo que una piensa que es una tontería deja de serlo cuando lo dice en voz alta.

–Sí, y otras veces pasa justo al revés, que lo que una piensa que es una idea genial se convierte en una tontería al decirlo en voz alta.

–¿Ves? No eres tan tonta como tú crees. Venga, di lo que habías pensado.

–Está bien. ¿Y si...? ¿Y si llenamos la botellita de agua del estanque y no le decimos a nadie que el perro se ha bebido la poción?

–¡Guau! –Que significaba: '¡Buena idea! Así nadie se enfadará conmigo'.

Severina meditó sobre aquella sugerencia, frunciendo el ceño de modo que sus espesas cejas ocultaban por completo sus ojos.

–Puede que el señor Cox sepa que la poción es azul y que brilla –dijo al fin.

–Pero puede también que no lo sepa –repuso Amber.

–Sí. Y supongo que en el caso de que lo sepa, podría convencerse de que en cinco siglos ha perdido el color y el brillo.

Nosperratu se incorporó, recogió la botella vacía y la dejó caer con delicadeza a los pies de Amber.

–¡Tú lo que quieres es que nadie se entere de lo que has hecho! –le soltó la chica–. ¡Qué morro tienes, Nosperratu! ¡Qué morro!

No obstante, cogió la botella y la hundió en el estanque para que se llenase de agua.

–¿Dónde has puesto el tapón, Nosperratu?

Lo vio en el sitio donde el animal se había sentado a beber unos minutos antes y tapó la botella, que ya no emitía la más mínima luz.

–No parece que contenga una poción mágica –comentó.

–Eso es porque la has visto antes y sabes que brillaba. Pero los demás no la han visto. De hecho, nadie la ha visto en quinientos años. Así

que puede que nadie sospeche nada raro. Será nuestro secreto. Solo lo sabremos nosotras dos.

–¡Guau!

–Y tú, Nosperratu, y tú también.

–Será el secreto de Nosperratu, Severina y Amber.

–Guau.

–Guau, claro que guau. ¿No te digo? –murmuró Severina.

–Volvamos. Tenemos que sacar a los otros del agujero.

Al rescate

–¿Dónde está el perro? –preguntó el que parecía estar al mando del Clan Oscuro.

–¿Perro, qué perro? –contestó don Liberto.

–¡Oh, no se haga usted el ingenioso, querido bibliotecario! Les ofrezco un trueque: entréguenme a Nosperratu, y nosotros los sacaremos de ahí. Luego, claro está, tendrán que marcharse y no entrometerse en nuestra búsqueda.

En el fondo del agujero, todos intercambiaron una mirada de desolación. En su posición, no podían siquiera plantar batalla. Estaban a merced del Clan Oscuro.

–No entraré a discutir si su oferta me parece buena –respondió Tyrone Cox–, porque, si se fija usted bien, Nosperratu no está aquí abajo con nosotros.

Los tres miembros del Clan Oscuro se inclinaron un poco más para examinar todo el agujero. Era cierto, el perro no estaba. Ni las dos chicas que sabían que formaban parte del grupo.

–¡¡¡¿¿DÓNDE ESTÁ??!!! –gritó con todas sus fuerzas el jefe del Clan.

Cox se encogió de hombros.

–Está fuera de su alcance.

–Guau.

Nada más terminar su frase el señor Cox, llegó a oídos de todos el ladrido feliz de Nosperratu y el sonido de sus pisadas al trote, de vuelta de su aventura secreta. Aún seguía teniendo el dulce sabor de aquel manjar azul en su paladar y todas sus preocupaciones habían desaparecido. Estaba contento. Nunca había habido un perro más contento que Nosperratu en aquel preciso instante...

...Y nunca había durado tan poco una alegría.

En cuanto salió de entre los árboles y sus ojos divisaron las tres figuras asomadas al agujero, se detuvo, su lomo se erizó y empezó a gruñir.

Amber y Severina llegaron tras él, y sus pies se quedaron clavados al suelo. Sus cuerpos se paralizaron como estatuas.

–Oh oh.

–¡Nosperratu, ven aquí! –rugió el líder del Clan.

El perro no obedeció, pero esta vez no salió corriendo, como había hecho en casa de Tarsio. Sabía que la mayor parte del grupo estaba atrapada en el agujero, cuando al único que en realidad quería atrapar el Clan Oscuro era a él. Se sintió un poco culpable por eso, y su mente perruna se puso en funcionamiento. No es que fuese un genio, pero una vida de quinientos años da para mucho. Algo se le tenía que ocurrir... pero ¿qué?

A unos pasos detrás de él, Amber notaba el peso de la pequeña botella en su bolsillo como si contuviese en su interior una tonelada de cemento. A su lado, Severina meditaba la posibilidad de lanzarse sobre el Clan al completo en forma de bola de nieve peluda (y sin nieve), pero la última vez que había intentado algo así, en el laberinto subterráneo bajo el colegio PlazaMar, solo había conseguido darse un buen estacazo contra la pared. Estaba claro que no era una buena opción, porque allí no había ninguna pared que fuera a detenerla, sino un montón de árboles centenarios que podrían caerse si chocaba contra ellos, y no quería cargar en su conciencia con la culpa de haber aniquilado medio bosque.

–¿Qué hacemos? –preguntó Amber en voz muy baja.

–No tengo ni idea –respondió Severina, en el mismo volumen de voz.

–Podríamos darles la botella, ¿no crees? –sugirió Amber, casi sin despegar los labios–. Ya no queda ni una gota de la poción, así que no hay peligro.

–No. Ellos se beberían el agua y creerían que son inmortales, podrían pasar años hasta que descubriesen que los hemos engañado, pero durante ese tiempo podrían intentar dominar el mundo, como dijo el director Cox.

Los tres miembros del Clan Oscuro rodearon el agujero y avanzaron hacia ellas, provocando que los gruñidos de Nosperratu se hiciesen más fieros.

–Ven aquí –dijo uno de ellos–. No vamos a hacerte nada.

–Están equivocados –se interpuso entonces Severina, con voz decidida–. Nosperratu no recuerda el lugar exacto, ya lo hemos intentado nosotras, pero nos ha hecho dar un montón de vueltas sin sentido por el bosque. Ha pasado mucho tiempo, muchísimo, y se ve que se ha olvidado de los detalles.

El jefe del Clan soltó una carcajada que retumbó siniestra en las copas de los árboles que los rodeaban.

–No te creo, jovencita.

–Es cierto. Nosperratu no tiene memoria de elefante.

–La tiene más bien de pez –apuntó Amber, y en seguida recibió un codazo de su amiga.

–Ahí te has pasado –le dijo en un susurro.

–¡Ven, Nosperratu! –sentenció el otro, tajante y autoritario–. Seré yo quien decida cómo es tu memoria.

A su espalda, los que estaban en el interior del agujero se dieron cuenta de que era su oportunidad de intentar salir... pero ¿cómo lograrlo, si hasta entonces todas sus tentativas habían fracasado?

Una escalera a la salvación

Fue Jimmy el Guapo quien, para sorpresa de todos, tomó el mando de la situación. Se lo había sugerido Amber un rato antes, y aunque entonces le había parecido muy mala idea, ahora se le antojaba la única posible.

–Luego me recogéis, ¿eh? ¡Que no se os olvide ni una pieza! –ordenó.

–¿Qué? –le preguntó Leopoldo–. ¿Qué quieres decir?

–Sí, Jimmy, ¿a qué te refieres? –quiso saber el director.

–Os dejo que me utilicéis como escalera,

pero después quiero todos mis huesos en su sitio. ¿Entendido? Los quiero todos, ¡no os dejéis ni uno!

–Hombre, yo no me preocuparía mucho por el dedo meñique del pie –dijo Telmo–. Si te fijas, no lo usas para nada.

–¡¿Cómo que no?! –protestó Jimmy–. El meñique te sirve para... para hacer de tope, para mantenerte vertical. Si te falta el de un pie, te caes hacia ese lado.

–Pues eso se arregla quitándote los dos meñiques, así tu cuerpo se balancea, pero no se cae porque no sabe hacia qué lado tiene que caerse.

Jimmy se le quedó mirando con cara de rabia y sin saber qué más decir. No reaccionó hasta que el señor Cox le puso una mano en el hombro:

–Es muy valiente por tu parte, Jimmy. Es un gran sacrificio, pero has elegido el momento adecuado para hacerlo. Ahora hay que darse prisa, antes de que el Clan Oscuro consiga su objetivo.

–¡Quiero mis dos meñiques!

–Y los tendrás, Jimmy, los tendrás. Te doy mi palabra. No nos dejaremos ni uno solo de tus huesos.

–Son muchos. Más de doscientos –apuntó Leo.

–¡Doscientos seis! –exclamó Jimmy.

–Todos, Jimmy, los cogeremos todos –insistió el director.

Jimmy hizo por fin un gesto de asentimiento y, en un abrir y cerrar de ojos, quedó reducido a una montañita de huesos coronada por su cráneo con cresta.

–¡Rápido! –exclamó don Liberto, y todos se pusieron manos a la obra para montar una tosca escalera.

Disponían de 206 huesos para hacerlo, y aunque la mayoría de ellos eran de reducido tamaño, lograron componer un total de seis peldaños, gracias sobre todo a las costillas, al cúbito, al fémur y al húmero. Cox fue el primero en subir, con una agilidad que dejó a los demás boquiabiertos. Llegó arriba y desapareció a la carrera, lanzándose hacia el Clan Oscuro.

Antes de seguirle, el bibliotecario se volvió hacia su hijo y sus amigos:

–Esto es cosa de mayores. Mientras el director y yo nos encargamos de esos villanos, vosotros poneos a salvo.

Ascendió por la escalera, y cada una de sus pisadas provocó un gemido de dolor por parte de

Jimmy, cuyo cráneo estaba colocado en la parte más alta.

–¡Oh! ¡Ay! ¡Uff! ¡Arrgh! ¡Ayayayayayyy!

–Perdona, Jimmy, ya sé que tengo que adelgazar unos kilitos. En cuanto este asunto haya terminado y estemos en casa, me pongo a régimen. –Al llegar arriba, se volvió hacia donde Tyrone Cox había echado a correr y gritó–: ¡Banzái!

–¿Qué ha dicho? –preguntó Tarsio.

–Es el grito de guerra de los guerreros japoneses cuando se disponían a entrar en combate –explicó Telmo, que subió tras su padre, causando una nueva retahíla de quejidos; luego lo hizo Tarsio, ansioso por ver si su mascota se encontraba bien. Mientras Telmo se quedaba en el borde del agujero, él se unió a la lucha, desgañitándose:

–¡Bonsái!

–Ese es el grito de los jardineros japoneses cuando empiezan a regar sus arbolitos enanos –dijo Telmo.

Leo fue el último en subir, y pisó los peldaños con toda la suavidad que le fue posible, aunque no la suficiente para evitar que Jimmy siguiese protestando.

–¡Duele, duele!

–¡Perdón, perdón!

Leo se reunió arriba con Telmo y entre los dos izaron la escalera.

–¿Tú recuerdas cómo se monta un esqueleto? ¡A mí esto me parece un rompecabezas! –dijo Leo.

–¡Ya lo sabía yo! –se alarmó Jimmy–. ¡Mira que os lo había advertido! ¡Como me montéis mal, os vais a enterar!

–Cálmate, Jimmy –lo tranquilizó Telmo–. Te recuerdo que me encanta el estudio de la anatomía. Tengo una colección entera de esqueletos de dinosaurios en mi habitación: Velocirraptor, T-Rex, Diplodocus, Brontosaurio, Triceratops...

–¡¿Y a mí qué tu colección de dinosaurios?! –gritó Jimmy–. ¿Te crees que soy otro más de tus fósiles?

–Bueno, cállate ya, que me estás poniendo de los nervios y me voy a equivocar –le ordenó Telmo, mientras se ponía a recoger huesos. Cogió uno largo y comentó–: Este es del brazo, seguro. Pero ¿del izquierdo o del derecho...?

–¡¡¡¿Qué?!!! –chilló Jimmy, desesperado–. ¡Socorro!

Leo cogió los dos huesos que tenía más cerca y los unió.

–Esto va así... me parece.

–¡Hombre, no! –repuso Telmo–. ¡Le has puesto el pie en el codo!

–¡Te vas a enterar, Leo! –le gritó Jimmy, desquiciado.

–Lo siento, chico. Ha sido sin querer.

–¡Sin querer, dice! ¡Sin querer! Pues ¿sabes qué? ¡Yo te voy a hacer un nudo marinero con tus cuatro ojos y va a ser queriendo!

Telmo miró a Jimmy con cara de pena y le dijo:

–Jimmy, no paras de gritar. Entiendo que estés nervioso, pero así no puedo concentrarme. Te pido perdón por adelantado por lo que voy a hacerte, pero es lo único que se me ocurre para volver a ponerte cada hueso en su sitio.

–¿Lo que vas a hacerme? ¿Qué vas a hacerme? ¡¡¡¿Qué vas a hacerme?!!!

Telmo agarró un palo del suelo y se lo introdujo, en posición vertical, entre los dientes, manteniéndole la boca abierta para que no pudiera hablar.

–Te ruego que me disculpes, pero necesito un poco de paz para montar todo esto.

–¡¡¡Fdssxd wtf!!! ¡¡¡DFXX09$dç[dsse3...culo!!!

Ahora Telmo se dirigió a Leo:

–Lo monto yo solo, pero en cuanto esté listo, me ayudas a sujetarlo para que no se me tire encima, que está muy enfadado.

–Vale –contestó Leo, y, puesto que no tenía nada que hacer, volvió sus cuatro ojos pedunculados hacia lo que sucedía a unos metros de distancia...

Amber y Severina se habían quedado petrificadas al ver cómo las tres siluetas encapuchadas se les aproximaban.

Nosperratu, sin dejar de gruñir como un perro guardián, pensó en los pros y los contras de salir corriendo. Sabía que si lo hacía no le darían alcance, pero ¿hasta dónde tendría que correr? ¿Y hasta cuándo? El Clan Oscuro continuaría buscándole siempre. Y «siempre», puesto que él era inmortal, era mucho tiempo. Muchísimo. Una barbaridad de tiempo.

Con esas dudas estaba cuando vio que Tyrone Cox salía del agujero sin que ninguna de las figuras encapuchadas se diera cuenta.

Eso le ayudó a tomar una decisión. Echó a correr, sí, pero no para tratar de escapar, sino para pasar al ataque.

–¡Eso es! –exclamó el jefe del Clan, que creyó que el perro acudía a su llamada–. Muy bien, ven conmigo y llévame hasta la póci-i-i-ah-ah-aghhh...

Nosperratu se había abalanzado hacia sus piernas y había cerrado su mandíbula en torno a su tobillo derecho. Justo en ese momento, sus dos compañeros se percataron de la llegada de Cox, al que ya le acompañaban don Liberto y Tarsio.

–¡Así se hace, Nosperratu! –aplaudió Tarsio–. ¡Muérdele fuerte!

Sin embargo, los del Clan reaccionaron pronto y bien. El jefe lanzó varios puntapiés hasta que consiguió que Nosperratu se soltase y saliera volando por los aires para acabar aterrizando en la rama de un árbol. Los otros dos interceptaron a Cox y se enzarzaron con él en un duro combate. El jefe, ya libre de la mordedura del perro, hizo frente a Tarsio y al bibliotecario.

La lucha pareció decantarse en seguida a favor del Clan Oscuro, pese a que Tyrone Cox demostraba una gran habilidad y un profundo conocimiento de varias artes marciales.

Ya estaba el enemigo casi celebrando su victoria cuando recibió un ataque inesperado que resultó definitivo. Podría decirse incluso que el ataque fue involuntario (al menos en cierto modo).

Leo vio lo que estaba pasando y se lo comentó a Telmo, que estaba haciéndose un auténtico lío con la reconstrucción de Jimmy el Guapo. Entonces Telmo cayó en la cuenta de que tenía ante sus narices, no solo las diferentes partes de uno de sus mejores amigos, sino también un buen montón de armas arrojadizas. Doscientas seis armas arrojadizas en total.

Escogió las más grandes, porque no quería arriesgarse a perder los huesos más pequeños de Jimmy por todo el bosque.

Lo primero que lanzó fue un fémur, el de la pierna derecha. Falló el tiro, pero por fortuna el fémur, muy amablemente, regresó volando como un bumerán. La segunda vez sí dio en el blanco: en la cabeza del jefe del Clan, que se desplomó al suelo con un «ugg». Jimmy gritó más que él, y de puro espanto partió en dos el palo que Telmo le había puesto en la boca para que estuviera callado:

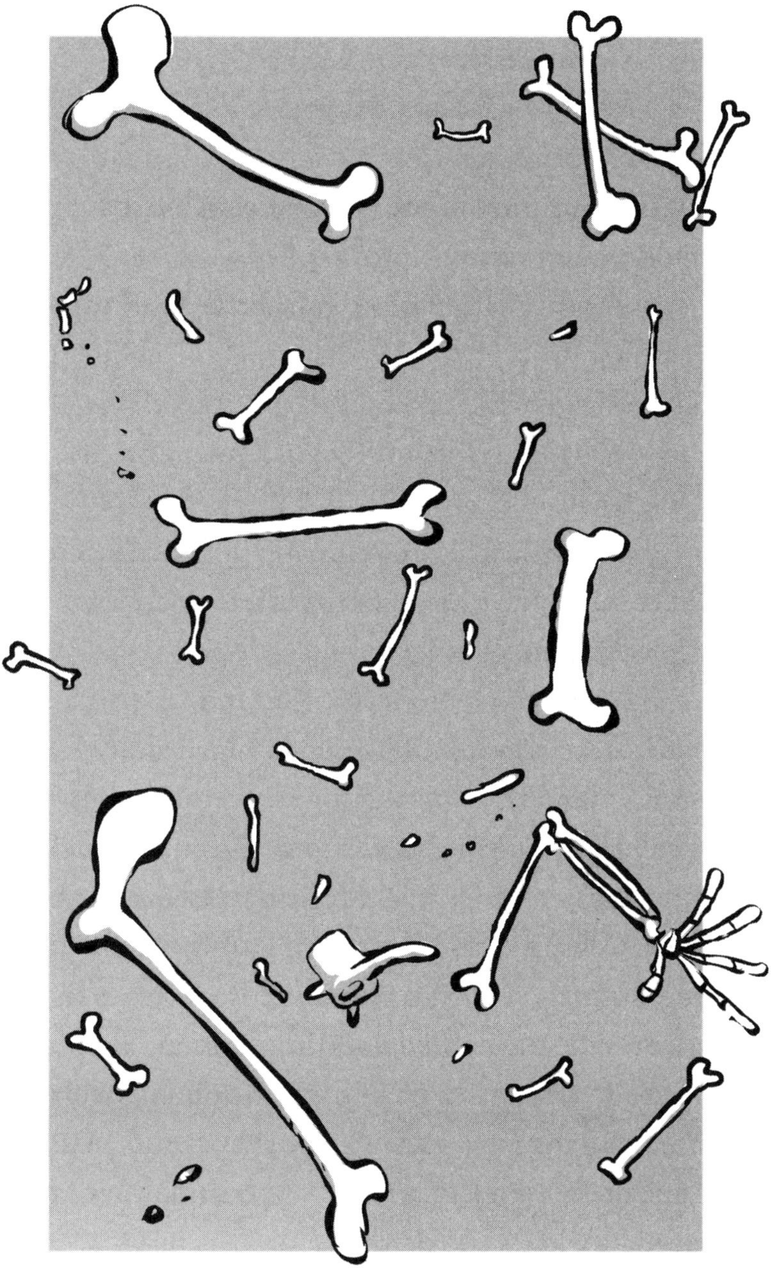

–¿Se puede saber qué haces?

–Intento derrotar a los malos.

–¡¡¡Con mi fémur!!!

Telmo no respondió y cogió otro hueso.

–Y con tu tibia –informó Leo.

–¡Eso no es mi tibia, hombre! ¡Es el otro fémur!

–Ah, ¿tenías dos?

–Sí, tenía... ¡Tengo! ¡Tengo! ¡Quiero mis dos fémures de vuelta!

El segundo fémur produjo un sonido a hueco en la cabeza de otro de los miembros del Clan.

La tercera de las figuras encapuchadas esquivó un húmero y un peroné, pero, cuando se preparaba para hacer lo mismo con la tibia izquierda, recibió un ataque muy distinto. Severina pensó que ahora sí, que era el momento, que aquel tipo encapuchado no estaba mirándola, así que se echó hacia delante y se impulsó con toda la fuerza de sus pequeños piececitos. Rodó. Notó las piedras del suelo, pero no le importaron. Siguió rodando convertida en una bola redonda y peluda, hacia delante, hacia su objetivo, como en el lanzamiento final en una bolera, cuando ya solo queda un bolo que derribar.

Y el bolo, que no era otro que el tercer hombre encapuchado, recibió el impacto. Por suerte para él, no resultó aplastado, pero sí lanzado hacia arriba como si lo hubiesen propulsado con una catapulta.

Cayó con un alarido en el mismo agujero donde buena parte del grupo había estado atrapado hasta hacía solo unos minutos, acompañado en su caída por un grito de júbilo de Amber.

–¡Bien, Severina, buena puntería!

De vuelta a casa

La policía rumana se hizo cargo del Clan Oscuro y la pandilla de la clase Monst-3.º B, acompañada por el director y por el bibliotecario del colegio PlazaMar, dio por finalizada su excursión cultural a la región de Valaquia.

Ya en el avión, sobrevolando Europa en dirección oeste, Tyrone Cox le pidió a Amber la botellita donde Vlad Tepes había guardado lo que quedaba de su poción mágica. Todos los demás formaron un círculo a su alrededor para admirarla.

–¿Ni un traguito? –preguntó Jimmy, al que por fin habían logrado recomponer por comple-

to. Había resultado difícil, pero ya tenía todos sus huesos en orden.

–Ni una gota, Jimmy –respondió el director.

–Pues yo creo que es lo mínimo que me he ganado. No olvide usted que mis huesos han acabado con dos terceras partes del Clan Oscuro.

–No lo olvido, Jimmy, pero la poción debe permanecer intacta. Es un tesoro único, igual que la Orquídea de los Tiempos.

–¡Guau!

–Me parece que Nosperratu está de acuerdo con usted, señor Cox –dijo Tarsio, acariciando al perro detrás de las orejas.

Amber y Severina se miraron y sonrieron. Por una vez, ellas habían comprendido a la perfección lo que Nosperratu había querido decir.

–Lo curioso –comentó el señor Cox– es que, según la leyenda, la Poción de la Inmortalidad emitía un extraño brillo azul...

–Se le habrá fundido la bombilla... –sugirió Leo–... con los años que han pasado.

–Sí, seguro que eso es lo que ha pasado –se apresuraron a decir las dos chicas.

Índice

En la misma colección

La orquídea de los tiempos
de Daniel Hernández
Chambers
Dibujos de Òscar Julve
ISBN: 978-84-9845-639-4
«La Clase Monster», 1

En la clase Monst-3º B hay un grupo de amigos muy especial: uno es un esqueleto, el otro tiene cuatro ojos, otra es peluda como un oso... Un día Leo lleva a clase una cajita de un antepasado. Después de descifrar el modo de abrirla, encuentran un mapa del colegio, el dibujo de una flor y una llave. ¿Qué significado tiene este hallazgo enigmático? Es imposible resistirse a averiguarlo, y así empezará la aventura que les conducirá hasta un secreto escondido en el colegio desde hace 200 años...

Otto, el niño que llegó con la nieve
de Laia Longan
Dibujos de Jordi Vila Delclòs
ISBN: 978-84-9845-641-7
«Calcetín», 101
Serie Roja
A partir de 10 años

Desde que Otto nació, no ha parado de nevar y nadie sabe por qué. Al principio todo el mundo pensaba que se trataba de un invierno muy largo, pero después creyeron que era cosa de magia y dejaron de esperar la primavera. Un día, Otto descubre qué sucede realmente y... ¡todo está relacionado con él! Aunque nunca lo habría imaginado, se verá obligado a escoger su futuro siendo solamente un niño.

Conrado, un científico enamorado
de Pep Castellano
Dibujos de Jorge del Corral
ISBN: 978-84-9845-528-1
«Calcetín», 82
Serie Roja
A partir de 10 años

¿Te imaginas qué pasaría si un científico creara un elixir de kiwi para sentirse como los protagonistas de los anuncios? Marta, una niña fascinada por el fútbol, ha conseguido introducirse en el laboratorio de Conrado, un científico loco por el amor y la ciencia. Juntos, deberán ingeniárselas para salir airosos de los líos que provocan los experimentos de este curioso laboratorio.